U0948037

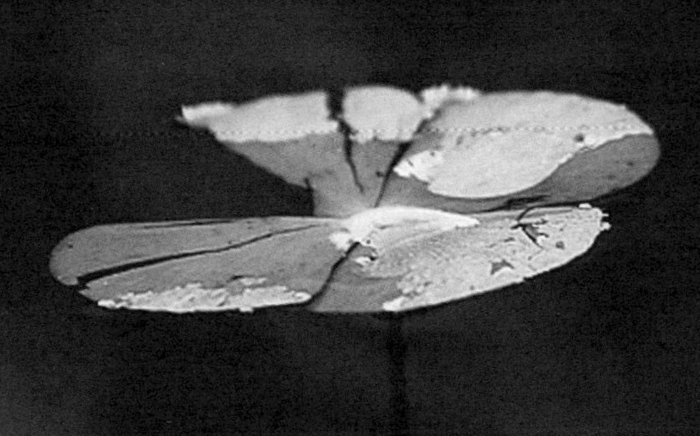

浮萍

青流 著

中国财富出版社

图书在版编目（CIP）数据

浮萍／青流著．—北京：中国财富出版社，2015.4
ISBN 978－7－5047－5578－0

Ⅰ．①浮…　Ⅱ．①青…　Ⅲ．①长篇小说—中国—当代　Ⅳ．①I247.5

中国版本图书馆CIP数据核字（2015）第045459号

策划编辑　宋　宇　　　　责任印制　何崇杭
责任编辑　王　波　赵笑梅　　　　责任校对　饶莉莉

出版发行　中国财富出版社
社　　址　北京市丰台区南四环西路188号5区20楼　　邮政编码　100070
电　　话　010－52227568（发行部）　　010－52227588转307（总编室）
　　　　　010－68589540（读者服务部）　　010－52227588转305（质检部）
网　　址　http：//www.cfpress.com.cn
经　　销　新华书店
印　　刷　北京京都六环印刷厂
书　　号　ISBN 978－7－5047－5578－0/I·0182
开　　本　710mm×1000mm　1/16　　版　　次　2015年4月第1版
印　　张　12　　印　　次　2015年4月第1次印刷
字　　数　160千字　　定　　价　29.80元

我们一生想到达的，到底是财富和梦想之地，还是挚爱和知己之地，抑或是那个自由自我之地……

谨以此书献给我的曾祖母（1892—不详）

目 录

下卷

尾声

引 子

不知是谁没将窗关拢，榉木格子的绿色窗棂在清晨的微风里吱吱哑哑的发出有节奏的乐声。从隔壁弄堂里飘来一股茉莉花低调的香气，时而又夹杂着熟悉的炸油条和茶叶蛋的说不出来的不浓不淡的气味。墙角下也有与这些相应和的哼哼唧唧的小动静，东南的这间屋子向来是个很有趣的所在……

昏暗的厅里，只有西北照壁处一盏油腻的吊灯倾斜着将微弱的灯光不太均匀地散在屋里，只几步，我便到了这个不太受人注意的角落。奇怪的是，照壁下居然有个小门，约半人高，门把手上落着挂锁的锈迹，但看似锁已拿走。我呼吸有点急促，带着寻宝似的忐忑心情犹豫了片刻，见无人注意到我，便偷偷猫腰一头钻了进去。

里面空间不大，才 5 尺见方。在老宅玩耍多年，我竟从不知有这样的所在。房里无甚物件，空荡荡地置着些破旧的毡子和凳子。许是位于宅子西北角的关系，又许是屋子要拆很久不为人打扫。这里的板凳蒙着厚重的灰尘，瞧上去格外阴冷，靠墙的条几上不规整地摆着几支完整的香烛。香

烛的上方高悬着一幅模糊的头像，我踮起脚尖努力借着厅里漏进的光，这才隐隐约约看到一张清秀又出奇严肃的脸。那是一幅镶嵌在镜子里的戴着祥云龙纹绣花兜勒的中年女子的18寸黑白老照片。镜框中的人深褐色的眼眸似曾相识，微微上翘的嘴角像是在嘲笑什么，下巴曲线柔和完美。

恍如对镜一般，我惊呆了。

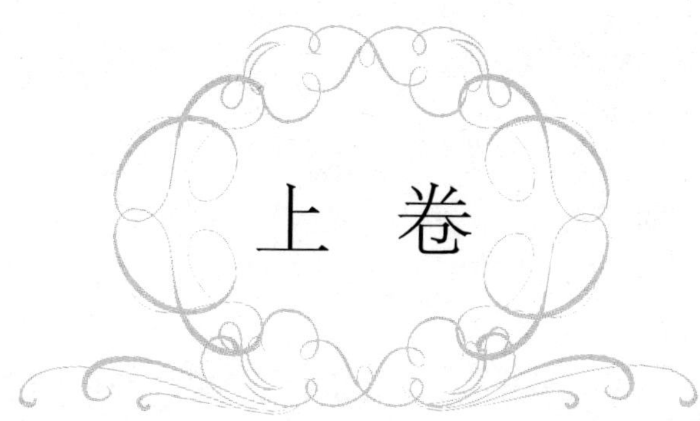

上卷

第一章　茶马古道

罗震顺着靳善茶园的梯田一路狂追被黄蜂惊吓到的骡子，那身姿和马术令旁观的人皆叹为观止。最后终于在龙屏山涧尽头，他横空抓住了萍的腰带，于瞬间径直将她抢过，而那可怜的牲口则拼命踩踏着山石碎片惨叫着滚了下去。

此时的萍，没有感恩戴德之心。他将萍横置于马鞍前，竟仿佛她是一坨货物或一具尸首，让她羞恼不已。

尽管如此，她不得不承认，这手是强劲有力的。自小生活在江南茶园，她还从没在哪个家乡男子身上发现过任何类似的力量和气魄。

在马上，他的怀里，她仰起头偷看他的脸，发现他既没有传说中关外人的络腮胡子，也没有糙汉子常见的大颗大颗的坑洼。一头常见的黑褐色头发略微有些卷曲着散漫地扎在脑后，眼神明亮却向里凹陷着充满了一股神秘色彩，下巴瘦削线条明朗，肌肉紧实身姿挺拔，只是整个人都是黑黝黝的。

这时候，她还没有意识到，她的人生，将因他而改变。

崎岖蜿蜒的山路上，一行人正慢慢地移动，边上悬崖陡峭、怪石林立。

我真的该来吗？

萍再次问自己。

“你真的不该来。”好像听到她在心里问自己的问题，一直跟在她后面的罗震突然应答似的说道，这般巧合不由令她大骇。

此刻的她，轻薄的真丝织锦衫被强行换做男子小号的粗布麻衣磨得皮肤发痛，因不适应湿热的空气而不断增生的涔涔细汗，更让她觉得头皮发麻，骑在一匹不甚健壮的小白马上，整个人摇摇欲坠。

她一路沉浸在自己的思绪里，因为母亲的病情已经非常严重，她强行而来，送行时父亲没有言语，只留下清瘦的背影和一个烟袋。

在路上休息时她偷偷打开烟袋，映入眼帘的是一行清秀的金体字：

他年春怨，因忌孝悌为纲，双十情隽，唯系令慈心上。

另：信义银行已倒闭，家业恐亦衰变，故盘缠、药资之钞票一时无他计，且匆忙在镇上商铺现取了些银元由二耿师弟保管。一路山匪强盗，自有罗震从旁相护，风餐露宿，却恐不免，儿当自重，不语张扬，不事梳妆，不行差错。

切记！速回！

回忆起出发前的种种，想起此行承担着对母亲生命的重托，萍心头沉重，一阵阵不可抑制的眩晕随之袭来，她双手勉强拉住缰绳并向后用力挺了挺身，这才止住恶心的感觉。

自从进入山区以来，她更不适应马上的颠簸了。一路行来，地势渐渐高了，晕眩一阵强过一阵，脑袋里双钟共鸣，疼痛难忍。

这云南的风景的确非比寻常。此时的江南还满园春色，而一路南行渐渐而来，却转成了夏日景象，叫人仿佛置身幻境。田野里风貌越发奇秀，经过村落时又多见着怪异艳服的男女，一行人已然深入苗人聚集的地区了。

光绪帝驾崩那年，她曾经被父亲送往金陵教会学校暂避乱世，不料时隔不久竟会再次离乡，更是一番远行加苦行。

她胡乱想着，也不知金陵的马修神父现在如何？眼下已是宣统元年，江都刘家迄今并没有退婚的意思，那么自己是否即将在明年依约出嫁？想到这里，她不禁心里凉飕飕的。

她定了定神，略略停下小白马儿四下张望。只见暮色苍茫，不知不觉已是文山界内，远眺火红浓烈的彩霞，就像一只凤凰停泊在翠绿的湖岸上栖息，令湖面如火镜般熠熠闪光、焕发出神秘又迷人的气息。一时间，她仿佛正在梦境中，这熟悉又陌生的所在令她迷惑不已，这地方仿佛来过却从来无缘相识，眼前便就是桃源仙境了罢！就这样痴痴地看了一会儿，她不由低低地发出满足的叹息声来。

身后的罗震，似乎从未放过她的丝毫动静，闻声即刻拍了一下马身快步赶到她身侧，大声训斥道："这里不比大理，看似人烟稀少，山里尽管多的是克山族什么的野人，你若再发出女子般的声音，小心被捉去押了寨子，我可保不了你！"

她闻言大惊，恐慌着环顾四周，只见树叶被马凳子刮擦着发出沙沙的有节奏的声音，又老又粗的白藤条在深绿色的丛林里凭空荡来荡去，前面美丽的林子一时间因为这句话，突然间便充满了鬼魅的气息，令人心神不安。于是当即向他投去怨恨的目光，却发现他正嚼着一种干巴巴的树叶，嘲笑地看着自己。

“你看什么?”她犹记得他刚才的话，故而压低了嗓音，恼怒地问。

“大小姐，听说你明年要出嫁?”他没头没脑地回答。

“什么?嗯……你怎么知道的?”她一边诧异怎么他问的便是刚才自己所想之事;一边紧张地拉着手里的白马，因马儿正努力地要往山路边挤，路边尽是些碎石，看着随时都有掉下山崖的危险。

“乖伢儿，莫走边边!”他见状嘴角撇了撇，用一种她未曾听过的陌生口音低低地吆喝着轻挥一下马鞭，正打在她的坐骑后身，顺势划过了她的靴子。

她微嗔道:“小心些!惊了马可怎么办?”

他懒洋洋地抓过她的缰绳，拽住了她的马，令它立时慢了下来，和自己的老马一起并排走着道:“惊到你，我还会再救你的!”说罢，用手比画了一个拥抱的姿势。

他的暗示令她回忆起初见的那刻，两颊登时飞起了一片红云。

罗震突然凝神看着她，颇严肃地说:“莫嫁人了吧，你爹又不是没钱。”

她不知所措地回答:“不嫁别人，难道嫁你不成?我连你家住哪里都不知。”

“吁，或，或!”他突然拽住了两人的马，看了看二耿叔十丈开外的身影，正色地看了她一眼说:“告诉你家住哪里就行吗?”

“什么?什么行不行?”她慌乱地抢过绳子，避着他咄咄逼人的眼神，飞快地赶着二耿叔前去。

在家里他为父亲敷药的背影不断地在她眼前摇晃着，他究竟来自何方?家人也是行医的吗?为何去往关外?可曾娶妻?她不禁胡思乱想起来。

不记得又走了多少古道石板，只听见耳边马铃低沉地做响，她的跨部被马背颠簸着，骨头交错带来生生的疼痛。罗震默默地骑着他那一匹不起眼的老马走在她身边，不时地回头张望一下又落在后面的带着干粮和行李的二耿叔。

他那高大健硕的身材，骑在这么衰弱不堪的马上看起来着实可笑。她越看越好笑，不由暂时忘记了身上的疼痛和喉咙的干涩，慢下来回头勉强挤出一个笑脸对他客气地说道：“喂，谢谢你肯陪我们来。”

没想这次他极其简单地答道：“爷出钱请我保镖核药的。”

她语塞，见对方不愿继续搭话，便回头看了看二耿叔，南方人水土不服的症状已经很明显了，二耿叔的双脚早就肿得不像样了，嘴唇也转成浅黑紫色。

我呢？萍心里苦笑着，其实也好不到哪里去。

自从踏入这片高原以来，已经流了四次鼻血，晚上在客栈即使不被肮脏的气息熏到，也几乎因为头疼不能入睡，还有到处肆虐的蚊虫令衰弱的皮肤感到无尽的瘙痒和灼痛。

“其实，你的体质已算是相当不错了。”很突然的，他追上她说。

换她不知该怎么回答，沉默着。

他又说：“我见过不少南方小姐，都娇嫩得很。不过你这位大小姐倒不算很娇气。”他滔滔不绝起来，“我看你平日里也不爱打扮，委实奇怪得很。”

萍突然觉得自己头疼欲裂，实在没有能力把他的不知算不算恭维的话听进去多少。要知道这评论在老家，其实就等于宣称女子无法嫁人，会是媒婆强烈痛恨的对象。而真相是，她对于蛮荒之地的客栈早已耿耿于怀，心里总在怨恨挣扎为什么能治母亲恶病的苗药的所在不是富裕温暖的广州

城。每天辣得不行的小菜，硬得难以找地方下嘴的干粮，都令她私下仇恨不已，却为了生存而强迫自己忽略这些感受。有的时候，她更有一种错觉，觉得自己胯下的马儿都比她幸福。

她怀念茶园东门口清澈活泼的溪水四溅，怀念鹅卵石在脚趾间摩挲的温润，怀念珍珠冰凉凉地在颈上环绕，怀念在懒洋洋的风里用每一根手指都能触摸到的春天的气息。

想到这些种种，她的眼眶湿了，不由自主地叹了口气说："不知道是我太奇怪，还是你遇见娇滴滴的小姐太多罢了。"

毫无预兆地，罗震突然再次阴沉起来。快速地拍马追赶二耿叔去了。

之后接连两天，罗震的脸上都像罩了一块铁皮，再也没了戏谑言语。

到达西双版纳当晚，她突觉浑身奇痒难忍，刚开始用手挠了仍不解痒，旋即取了条状的棉布四处搓揉。直到后背已无法承受，犹如万箭穿心般火辣辣的疼痛，终于熬受不住，大声地惨叫起来。

那叫声在深夜的山冈上如同鬼魅令人不寒而栗，连萍自己都不由被吓住了。罗震好像一直守在帐外般，像一匹狼飞速地冲进了帐篷。在尖叫声中她本能地胡乱找衣服遮住自己的上体，可他却粗暴地一把将她拉到油灯前，将后背瞧了个仔细。

她的脸像被火碳灼痛般滚烫，可罗震却毫不关心地、满不在乎地用粗糙的大手慢慢地摸索着她后背上的红色大包，一边紧张不安地问："疼不疼？痒吗？这儿如何？这儿呢？"

她始终低着头，心里忐忑不安，虽然他是在检查患处，可毕竟男女授受不亲啊！

转瞬他放开她道："你等着，不要再挠了，否则皮全破了，不能治。"

见她顺从地点点头，他突然用力地看了她胸口一眼，怀疑似地说：

“前面没事吗?”

她抓紧了胸口的衣物大声抗议着:“没有，没有，没有!”

罗震这才脸上微微带着笑走出了帐篷。

此后的十多天，三人扎营不动，罗震重复多次地要她在他亲手做的一个造型奇特的大木桶里泡澡，在她身上放满各色稀奇古怪的药材。皆因她皮肤娇嫩，中了山间不知名虫子的热毒，所以此法最能解除毒气，并能帮助恢复体力。

他做这些事的时候，神情异常专著。他的脸在烛光里充满了各种难以形容的诱惑，她一边着魔似地凝视着他转动小片刀灵活地切割药材，一边有点痴狂地猜测起他曾经都去过哪里，都遇见过怎样的女子，做过怎样的营生。这些念头搅得她心乱如麻。

这天中午，她已进了木桶，却见他迟迟未现身，竟有些失落。她大声叫着:“二耿叔!”二耿叔从帐篷外伸进脑袋来，有点不自然地转过头去说:“丫头，什么事?”

话到嘴边，她却犹豫了。“那个……你有没有见到……”

二耿叔不等问完便大声转回头喝道:“丫头，你找那个浑小子吗?什么事?”

“我，我，我”她不由自主地结巴起来，衡量着用什么理由看起来不太唐突。

“你找我吗?”罗震突然露出脸来，一把掀开帐篷的帘子，和外面的二耿叔撞了个满怀。

啊!她在心里惊声尖叫!他刚才一直在帐篷里面吗?那更换衣物的时候……幸而二耿叔已经咕哝着退出了帐子，而她被自己的念头吓住了。直勾勾地看着他走到她的木桶前。

“怎么？你泡药的时候看不见我不习惯吗？”

“你这个下流胚子！”她满腔愤怒地将一只舀水的木勺子向他砸去。

他笑嘻嘻地边躲避边说：“我可什么都没看见。”

“想必这就是你从外面那些下流堂子里学到的本事了吧！”她轻蔑地咬牙骂道。

“你！”他忽的脸色大变，两人就这样有些彼此仇恨地对望着，他缓缓地挪到木桶边，紧紧地用手指扣住了她赤裸的肩膀道：“你放心，我对你没兴趣！”

她颤抖着从他手里挣扎出来，看着自己肩膀上的红印子说：“好，那最好。”

他两眼喷火地看着她，又快又轻蔑地说：“我见过的女人已经够多了。”

在一阵惊讶和羞愤中，她将身子往下埋了埋，用手捂住了耳朵。

他刚想离去，见状上前一把拉开她的手，用力地说“为什么不听，你不是想了解我吗，你不是想知道我有过多少女人吗？听啊！”

他的呼吸在她耳边沉浮，令她起了鸡皮疙瘩似的一阵颤抖。

注意到她的反应，他突然放开了她道：“怎么，害怕我了吗？”

她忽然就哭了，忍不住投降一样地说：“不要，不要再说了，不要让我讨厌你！”

好半天，他没有声音，等她哭到觉得肝肠寸断的时候，他远远地走开去，边往门走边大声说：“我没有碰过任何女人。”

这句话，不知是真是假，却让她破涕为笑了。

这几天萍归心似箭。

养病最后一天，等二耿叔抱着猎枪走远，罗震突然将她一把拉到怀里，不顾连声的抗议，小心翼翼地拉起胸衣，重新检查她背部的患处。等他满意地点了点头，她满以为他就要放开自己了，他忽然重重地叹了一口气，将她温柔地拥在胸前，在耳边低语道："大小姐，你欢喜我吗？"

她深深地迷惑了，也深深地沉醉了。

这一刻她似乎等了许久，也怕了许久。而现在来得那么突然，叫人一时间不知怎么回答。不等对方想出答案来，他近似推搡着，迅速地转开话题去，"再过半个月我们就快到了"。

她就这么目瞪口呆地目送他三步并做两步地走出了帐篷。

莆蜡黑，是此行的最后一个目的地。在一万次自我虐待似的幻想和折磨后，他们终于在纳厝村里，同几名头包着山鸡羽毛似的艳丽布巾、看上去急需搓衣板洗上个三百回合的老妪谈妥了交易，换到了最后需要的珍贵草药。

是夜，坐在篝火边，罗震打开草药包，一一教她识别，七叶一支莲、白花蛇舌草、蜈蚣、水蛭、雷公藤等多达三十多种，这种虫类特殊药材她平日见所未见闻所未闻，而配的白芍、黄芪、枸杞、银杏、三七、红花等品名倒是在茶园时他开给父亲的药方里见到过多次。

他认真教授着药理侃侃而谈的时候，萍却托着下巴有些走神地看着他在火光里像斗鸡刚结束一样乱蓬蓬的长发，具体他在说什么，她完全没有听进去。

手心捧着一小把草药，她贪婪地闻着它散发出来的异香，仿佛就在温暖的火光里，看见了母亲清秀的脸庞，不禁泪眼婆娑。

"我们大小姐居然也有这么温柔的时候。"

她一听见耳边又出现熟悉的嘲弄声，便小心翼翼地皱了皱眉，将脸埋到膝盖里去，回避和他的争执。我不想吵架，她心里默念。经历了这么多，她对他的总有些挑衅的话语早已习惯，并没有那么反感，心里反因那富有磁性的声音而感到小小的快乐。

“天南星!”罗震摇了摇她的肩膀说，她无可奈何地抬起头来：“怎么?”

“这种草药，是我最喜欢的。”他用钟爱温柔的眼神看着手里一株高大的放射状的植物，语气郑重又温存地说。

“天南星?”她复述了一遍。她颇不以为然地看了看那棵奇异的植物。

“对，天南星。”他顺势在她身后坐下，大约有三尺的距离。

黑天如幕，繁星闪烁，整个大地陷入了夜的温柔中不能自拔。

没来由的，萍忽然低声哼唱起歌谣来。他默默地坐在她的身后。彼此看不见对方，却清晰地感应着对方的心跳。就这样，仿佛有一个神秘的气场把俩人包裹起来，远离了尘世的喧嚣。

任务眼见快要完成，越近江南，二耿叔兴致越高。这一日，三人闲侃了一番，又饶有兴致地听罗震谈了些前几年关外的趣闻。二耿叔胡吃海塞了一顿罗震抓的野山雀，喝了前日里买的当地用山泉水自酿的米酒，还没来得及品一品她亲手煨的普洱香茶，就一头栽倒在马车上沉沉地睡去了。

萍无来由地紧张起来，不知因为是他身上随风飘逸出的混合在酒气里那种令人困倦的香气，还是对面山崖后那诱惑至深的泉水，抑或是月亮即将露面之前的满目霞辉。她仔细地轻轻推了罗震一把，他像二耿叔一样起了震耳欲聋的鼾声。

挣扎犹豫了好一会儿，她终于抵挡不住对面传来的泉水叮咚那美妙而调皮的声音，偷偷起身躲到树后，艰难地撕开那已经像蛇皮一样粘在身上的头巾和胸衣，悄无声息地投入了碧绿泉水的怀抱。

清泉和林雾笼罩着全身，她轻快而小声地哼起了家乡的歌谣。

“早晨起来露水多，点点露水润麦苗，七搭七呢崩啊哟，杨柳石子松啊哟，松又松哟，崩又崩哟，松松有情人哟，杨柳叶子青啊哟。”

此时此刻，仿佛不是云南，不是山间，不是参天大树、奇花异果，也不是古道险滩，而是她美丽的家乡。她的泪和着清幽的歌声缠绵在如花般释放的光洁的皮肤上。突然，一只强有力的手抓住她的臂膀猛然往水中沉去！

喝了几口水后，她被呛得鼻子发酸，幸而这里不是深潭。她极度慌张着、惊恐着，竟至于忘记了尖叫。从眼睛缝隙里尚能勉强见到有一条粗壮的东西沿着水岸迅速地蜿蜒而去，而自己正趴在罗震的身上匍匐喘息，惊魂未定。

“你以为你运气很好是吧？一路上没有人打劫，没有人抓你去压寨，甚至大病一场都能挺过来，怎么，所以你就主动来找死吗？”还是那样的令人齿寒的说话方式。尽管她知道是自己疏忽大意差点被蛇咬，但是这样的语气仍然令人崩溃。

“你，你，我，我……”她无语反驳。

两行委屈的热泪滚滚而下，多日来的思乡，多日来的体痛，多日来难以下咽的饭菜，多日来对他矛盾的情绪，不争气的眼泪从她的眼睛里决堤而出。

“你就是个傻瓜！”他的脸在她眼前晃动，“怎么了？你怎么了？”一切都是那么遥不可及，又那么清晰……他的脸因为什么而扭曲了，是焦急？担心？气愤？还是别的什么？她的头生生的剧痛，像山胡桃要被人从中间野蛮地扒开一样痛得她昏死了过去。

在她昏迷的又一夜里，她清醒地听见二耿叔说：“这丫头，唉，犟啊，

可怜得很。还有你个浑蛋，给我离她远点，别他娘的以为我什么都不知道！”

眼前是一棵冲天的大树，笔直地插向天际。

我一定是死了。她悠悠地睁开双眼。

不远的地方，他用一块巨大的布遮住了脸，靠着树干斜躺着，那多日未梳理的胡须令他乍看起来像极了野人。

她饶有兴趣地观察着他圆润的耳垂，突兀地笑了。

“你醒了？大小姐。”

天，他真让人不舒服。她恨恨地在心里骂道。

她目不转睛地看着他起身查看正在木架子上煮着的一锅东西，一边伸出手去细致地用树叶撇去翻上来的白色泡沫，又小心翼翼地取铁皮罐子往包袱里唯一幸存的青花瓷碗里打上了一罐雪白的浓汤。瞬间，有一种异样的温存流遍了她周身上下。

“这是什么？”她指着汤面上漂浮的一片碧绿的叶子满腹狐疑地说。

“三七，又不认识了？”他瓮声瓮气地加了一句，“没有毒。”

“我真的很感谢你，那天也确实轻率。但你能否别这么和我说话？”她忍无可忍。

“那大小姐你想我怎么说？”他用一种从未有过的挑衅的语气不屑一顾地说。

“你何必开口闭口叫我大小姐？我宁可你不要开口说话！”当真厌恶极了现在，她越发愤恨了，不知是对自己还是对他。

他的眉毛令人不悦地跳跃了一下，重新沉默了下来。这沉默是那么令人窒息。

片刻以后，不等人把最后一口汤喝完，他抢去了她的碗。

她有点抓狂地小声叫道："要是你觉得我很讨厌，我可以离你远一点!"

他根本没搭理她，坐到对面的一棵大菩提树边，一动不动地开始用那把带着荧光色的像月牙一样的小刀削一根长刺的树枝，等他削完了两根，就见他熟练地把它们并拢在一起在自己的下巴上来回摩擦起来。没多久，他的脸迅速地恢复了起程之前的样子，看起来似乎年轻了十岁。

就在他剃完胡子将自己俊俏的脸颊显露出来的同时，她腾地跳起来，想要离开。这一刹那，他头也不抬地伸出手又一次熟练地抓住了她的腰带，将她笔直地带入他的怀中!

烈火般燃烧的欲望在他深邃的眼眸里翻涌。"说，说出来。"他坚定地不容反驳地抓牢了她。

"说什么？说什么!"她激将着他，慌张却并不服输的犟着头。

罗震低下头牢牢地看了她几秒，之后慢慢地用并不太过粗糙的下巴来回蹭着她的面颊，一边在她耳边低语："我知道，你想做我的女人。从你第一天望我的神情我就知道。"

萍战栗着，她的脸被他摩挲得酥痒难耐，她无助地咬着自己的嘴唇，膝盖已然软了，一浪比一浪更猛烈的瘫软的感觉涌向全身，游走到每一寸肌肤和发梢，噬舔着无比脆弱的神经。她一动不动，僵死在那里，身体着了蛊咒一样遍布着疼痛。突然产生了一种幻觉，就像自己是小时候太阳下那只可怜的赤裸裸的小毛虫……

"该死的!"他发狂地冲她低声吼着，那凶神恶煞的眼神仿佛要生吞她似的。还没等她做出任何抗议，他的脸已经贴着她的了，他的嘴唇完全覆盖了她的，她觉得自己在那刹那间飞升起来，灵魂出壳，四周是一团团闪耀着金光的火球，眼前零星的余光也被他铺天盖地的亲吻淹没了。

“你们在做啥?!”耳边传来托塔天王般强大而震怒的声音，萍还没回过神来，只见二耿叔抓着一根粗壮的树枝咆哮地冲了过来。罗震没有躲避，迅速地放下她，背对着二耿叔，只听“嘭!”的一声巨响，他结结实实地倒了下去。

“叔!”她一把抓住了二耿叔的手臂，扑倒在他跟前。

“我的大小姐啊！你爹就怕出这种事！他不是省油的灯啊!”二耿叔痛心疾首地指着罗震说。

“我，我，他……”她再次舌头打结，说不出话来，不知道这一切从何开始，也不知道该如何结束！只任凭眼泪冲刷着内心激情过后的羞辱。

山风忽然诡异的大起，她就像一团野火毫无征兆地骤然被风吹熄了。此时的他还平趴在地上，不知道是伤重无知觉到不能起身，还是不知如何面对而装作无知觉?

此后的一段时日，相安无事。二耿叔像一头时刻保持警觉的猎犬处处设防，他也变得更沉静、更冷漠。而萍则被某种难以名状的幸福波冲击着完全困惑了，每天都无法按时入睡，一直等颠簸到实在不行，下来呕吐的时候才感觉自己还活着。

离江南越来越近，路边的景色从巨大的植物被神奇的地理削弱得温和柔软，盐商的没落导致沿河道的商船数量大为减少，但看到沿途一路缺衣少食的生活景象，她便觉得在这个纷乱的年代里，父亲还能维持一大家人的生计实属不易。

三人抵达江都，发现到处张红挂彩，有各色祝福的条幅悬在桥垸，家家门口贴上了崭新的对联。原来不知不觉间，拖拖拉拉的他们走了近半年。这一日，已是宣统二年的元春了。

萍充满好奇地看着陌生却热闹的街景，突然想起经过襄樊的时候，二耿叔有意无意地说："我们先到江都，正好你可以见见刘家大少爷。"她的胃就这么一下子翻江倒海起来，足足在路边吐了有半炷香的工夫。

二耿叔说她，"你这样可不行，丫头，你别又病在路上，我们已经耽搁了这么久，回去再晚可不好和老爷交差!"带着一点担心，他望了望正在和茶馆小二搭讪问路的罗震，接着说道："我去替你抓一服药，你自己小心。"

萍虚弱地微微点了一下头，靠在一棵老榆树下远远地看二耿叔匆忙地走开，又看见他用眼角的余光恶狠狠地扫了自己一眼，不由胆战，故意装做头晕，靠着老榆树打起盹儿来。

傍晚时分，三个人一路歪歪斜斜地抵达了江都刘村，这里俨然是一派乡绅世界，从桥墩上站着看去，依稀见青砖白墙的村屋零星得像棋子一样有序地摆放在稻田里，水渠旁，果林下。正是炊烟袅袅的时辰，村子似笼罩在迷蒙的雾气下，像她的未来一样看不真切。

她仰头看着村口一座高耸昏黄的牌坊发呆，那石头看似是用汉白玉堆砌而成，错落有致地雕刻着花鸟鱼蝠等常见的图案，在夕阳的余晖下泛着刺眼的光芒。她站在最后一块阴影下，仿佛被一块巨石砸中般摇摇欲坠。

"贞节牌坊?"他走过她的身边，看似漫不经心又不冷不热地甩下一句话。

她不由心下一惊，一屁股跌坐在行李上。

第二章　江南烟雨

刘家五定村自山东一脉移居至此已有六百三十七年了，老人们都喜欢回忆过去的辉煌，总拿这里和八卦村、长寿村、何家大院相提并论。

对于刘世庭来说，也和时髦的乡绅们一样，向往着县城和大城市的生活，但又在担心和害怕中犹豫着在乡下得过且过。作为刘家的长子嫡孙，每年的祭祖都是他代表小辈上香，这是一份他深以为荣的荣誉和责任，虽然内心偶然会觉得无聊尴尬。

私塾里有个同窗现如今真成了外头热火的同盟会的一员，据说后来又去了广州。他的生活，令刘世庭不自觉地充满好奇，也因此极想和他一样剪了脑袋后的一条大辫子。他还说下次回乡仔细讲讲他的同志们，有机会也带着刘世庭外出领略一下。奈何他的任性仅限于对于食物的挑剔而已，如若他胆敢这样做了，叔公们绝不会放过他。

“堂前润笔芙蓉，塘下化雨春风。檐上呢喃燕儿，画中知己佳人。”

刘世庭郑重其事地放下手中的笔，端正的架好，品味着才写的诗，心下一阵迷茫和酸楚。他自觉年岁徒长，虽不是如表姐夫一般的才子，不能中举光耀门楣，但自诩也算人才俊俏，只可惜至今未寻得生命中的另一半。

“世庭！叔公有事情急叫你去，快一点！”

书房外有人叫道。

他急急地赶往母亲厢房，才到门口便与兴冲冲的母亲撞个满怀。

“娘，您知道吗?”刘世庭没头没脑地问了一句，哪知道母亲笑颜如花地轻声道：“傻孩子，你叔公没说，但是你表哥还有你表姐夫都告诉我了，喜事啊!”

刘世庭一脸茫然地搀扶着母亲进了祠堂，只见众位叔伯纷纷向他微笑着点头，鼓励地招手道：“来，来，来，世庭啊，你快来。”

“你身子弱，这里坐。”三叔公一边宠爱地说，一边颤巍巍地从正中间的太师椅上下来，指着这张据说祖传了几百多年的盘着玉凤且铺着精美绣垫的椅子说道。

刘世庭受宠若惊地拉了边上一张硬硬的椅子一把坐下道：“不用了，不用了，您上座。”

在众人神秘的哼哼唧唧中，三叔公喝了口茶水，清了清嗓子，向大家一摆手，示意大家都安静下来。瞬时，祠堂又恢复了井然有序的场面。

刘世庭的母亲有些激动地站他身后，而她的背后，是一群年纪和辈分更小的女眷们，个个都鸦雀无声却精神抖擞地等待着这个大家族的最高领袖的声音。祠堂前一只喜鹊不知从哪里飞了过来，停在堂前晾晒的一堆稻谷上留恋，不愿意离去，一缕最后的阳光洒在祠堂正中刘氏祠堂独有的文武双全凳上，使得整个祠堂都熠熠生辉。甬道正中依稀还留有族人们多少年来踩踏过的足印，而两边的青石板早已被打磨得如同铜镜般光滑透亮。

“今天”三叔公威严和蔼的声音在祠堂中回响，喜鹊的莅临加强了祠堂里众人的喜悦之情，他语调平缓但不失愉悦地继续着，“我接到高邮急件，报本月下旬，世庭之未婚妻将登门做访，此为今年本村大喜之事!”

刘世庭闻言有些发蒙，片刻后他便似偶人吊线般在一种腾云驾雾的幸福感里被表哥、表弟、表姐夫等一众簇拥着向叔公们下跪、向祖先进香、向母亲奉茶。

礼成后，只听叔公继续说道：“据闻侄孙媳妇人品端庄、贤良淑德，有大家风范，更因其母亲病重，乃只身奔赴云南采药，更兼贤孝于一身，在当今世下，实为难能可贵!”听到最后一段的时候，许是他的母亲也体弱多病的缘故，刘世庭对于这位从未谋面的未婚妻凭空多了几分好感。

蒙胧中，一位翩若惊鸿的少女形象在他脑海中呼之欲出。

等待和相思一样是一种醉人的煎熬，若事先知道了结果，那么煎熬也似乎带有一种别样的乐趣。

“桥头新犬乖，直盼家母来。一朝窈窕现，挥手别阴霾。”

刘世庭在上好的宣纸上提上一首新诗，心道：只盼她也能从此与我朝夕相伴，琴瑟和谐。

“她们到了!!!”一路上有人狂奔着向大屋跑去，全然不顾刘世庭才是这出好戏的正主。

他不由得暗自好笑，却也觉得怪有意思。这样的场面多年前曾经有过一次，那是祠堂耳屋失火，也是这一般的众志成城。今日里只是为了他一人，倒让他分外的惭愧和感动起来。

村里的一群小伢早已注意到村口异乡打扮的龌龊到不行的人，有的紧张地躲到大人的身后偷偷地打量，有的嘻嘻哈哈地互相推搡着悄悄靠近。过了不久，远处有黑压压的一大群人急匆匆地赶来了。

只见三个瘦削的人影隐约地在石桥的那头晃动。走的近了，才看得真切。

想象与现实的差距之大，真令人有种坠崖的感觉。

刘世庭失望至极地在心中叹气，中间坐在一担行李上的纤弱的必是那位刘家大小姐了，只是……我的未婚妻应当别样的婉约动人啊。

然而，眼前的她形容枯槁、表情索然，五官虽然端正秀气，那紧闭的嘴角却看不出丝毫温柔美貌的影子来。

刘世庭的动作由最初的兴致盎然变得谨慎小心。心思淡了，晚上的洗尘宴上也就少了很多言语，族里的一众人也都相当的遗憾和沮丧，连三叔公都有一点不自在地点起了不常抽的旱烟袋。

是夜，母亲劝解刘世庭道："她进去梳洗了，许是一路劳累，又或者饮食不佳闹的吧，嗯，我看明日应该会好一点的。"

母亲有些焦急地劝慰着刘世庭，看着他阴晴不定的表情揣摩着，大约是怕他给人难堪，"我听说她一路吃了不少苦，就是一路陪来的二耿叔说的，那丫头在家从来也是娇生惯养，头一次出远门，回来的路上还大病了一场，颜色不佳、言辞寡淡是必然的，你说呢?"

刘世庭自然晓得母亲的用意，想着三叔公对这未过门妻子的评价，心下便果真坦然了不少。

翌日清晨，刘世庭按捺不住一夜辗转反侧的思绪，决定还是自己去一探究竟，然而才到正厅门口，就听到里面传来叔公们爽朗的大笑声。

他随即三步并两步地小跑进屋内，就见一个清爽但线条无比柔和的背影站在一丈开外的正厅中央，她周围围绕的那些老老少少们脸上堆积出连日的希望获得满足后带来的或欢喜、或欣赏、或好奇的表情。

清晨的露珠带着芬芳像珍珠般点缀在她侧面的发梢上，带出炫目的七

彩光环，她浑身散发着一股无与伦比的沉静温婉的气息，脑后扎着一根不粗但用白色的丝线结成的别致的兰花型的发结，他此生从未见过哪个女子能将葬礼独用的白花变幻出如此美丽的景致。

刘世庭踱着小步轻轻地从人群后绕到她的正面，只见她的眉毛整齐精细地拢在一起，快到脸颊边才像晕染的水墨画一样从容的收住；整个脸庞是完美的鹅蛋形，既不是乡野村妇那样的母鸡下蛋般傻乎乎通红，也不似城里装痴弄傻的娇俏女子那样的惨白，那是一种极其健康自然的粉红色，犹如婴儿的皮肤般幼嫩柔滑却又有妙龄少女的娇羞；那眼睛是恰到好处的双眼皮，不那么浑圆却也不很细长，精致地长成杏仁般的形状。

她微微皱眉或微笑的时候，眼睛里不知从哪里会反射出一道光芒，令她的眼眸格外的动人；红润的嘴唇微微的上翘，并非常见的那样轻薄却反而不可名状的产生出一种令人想要亲吻的诱惑；头颈修长，但不令人觉得高不可攀，相反，素色的旗袍领子正妥帖地在她的下颚往下一指的位置上坚挺着；仔细来看她的身材，却并不是初见那样的弱不禁风……

刘世庭这才从回想中恍然大悟，彼时她是穿着男装便于行走，自然看起来瘦弱不堪。而现在，少女的身体在浅绿色的旗袍里无疑是圆润的，一如她的脸部线条；她的声音，竟然也是圆润的，不疾不徐，每句话都仿佛胸有成竹而又恭谦有礼。

刘世庭不禁汗颜，正当他目瞪口呆之际，萍四处观察的眼神突然对上了他的眼神，他一时之间不知双手应该放在哪里，两颊发烫。

而她在那里神态自若，俨然已经是一家之主母。

她微微地向刘世庭点了点头，拿手指向他一指对众人道："快看，你们的少爷来了。"

第三章　落跑嫁娘

自从入赘刘村和雯成亲后，妻子的身体一天不如一天，刘汝熙常担忧得夜不能寐。雯是刘世庭的亲姐姐，姐弟俩都是一样的弱不禁风。在刘汝熙眼里，雯就像一朵新生的白色茉莉般娇弱醉人。

他总是抱着她轻如棉絮的身子碎碎念地劝："我好疼你啊，好疼你，我们不要孩子了，好伐?"而雯却总是回过小巧的脑袋调皮的像黄莺一样来啄他的嘴唇："不行，不行，我要孩子，我要你的孩子!"

刘汝熙知道她想要什么，也知道她怕什么，因为她的娘生产时便撒手人寰，所以她怕自己等不到那一天。但是对于刘汝熙来说，孩子似乎并不重要。若没有了雯，他将如何独活来面对这可笑又丑陋的世界？他连想都不敢想。

尽管刘汝熙托人去金陵、广州这样的大城市买药来给她服食，但他的舅父每来探亲都劝他"算啦，她是个药罐子，生不了娃娃，长不了命啊，你看她那尖巴巴的脸……"可是他根本拒绝接受这样所谓的现实。

"这世庭的准媳妇，真是一个很特别的女孩。"在洗尘宴回到家的第一

时间，刘汝熙对雯说。而雯听了这话却伤感起来。“是，你看她的身子就知道她能生养了，那么圆润，长得也好。”呜咽了一会儿，她从后面悄悄地抱住刘汝熙的头，骑在他的背上说：“我对不起你！你应当有个儿子的！”

这一次，刘汝熙怒了。潜意识里，他第一次有点反感她的脆弱和感情用事。她说得对，那个女孩是真的不错，她是一个能持家能帮男人的好手，而且不让人操心。但是那又怎样？她不是他想要的女人。他不禁皱起了眉头。

“你是不是觉得我烦了？”雯惊讶地看到刘汝熙眼睛里有种闪烁不定的光，她害怕地一把转到他的膝上，捧着他的脸说：“你真的嫌弃我了？真的？你觉得我那弟媳妇很不错吧？我跟你几年都没有娃娃你恨我了？你不再爱我了？”

看见她梨花带雨又惨白的表情，像真的被吓坏了，刘汝熙不禁笑出声来，坏笑着抱住她正色道：“我也许是真的需要考虑纳妾了。”

再一次，刘汝熙投降了。他怎能失去雯，怎能想象没有她用竹筷在桌上画乌龟的早餐，没有她坐在膝盖上吹箫时的寂寥？

他们是一体的，从他们在扬州五亭桥的偶遇，到她举着白乎乎的脚丫子把他咯吱到醒的那天他就知道，他们是为彼此而生，永远不能分离的。

她常常说：“你就是个笨蛋，最后一个举人有什么用？”可是一转眼，她却趴在他刚做的画上痴迷地笑，那神情仿佛根本不记得她曾经那么鄙视它。每年冬至快到的时候，她都说：“我要去瘦西湖游船！”可是真等到了大雪漫天，她却任性地躲在炕上，甚至问别家借了炉子，不惜把自己弄得满脸泥灰地耍赖说绝不出门。

想到不能有自己的孩子，绝非没有遗憾，但是仿佛三生亏欠，刘汝熙在妻子和孩子之间毫不犹豫地选择了她。

此时，外面有人急匆匆地敲门。掌灯之后有人来访，这还是第一次。

刘汝熙充满疑问地打开了窗子：“谁啊，这么晚？”

“姐夫，是我，世庭。”

“哦？你怎么来了，不陪媳妇待着到我这里做甚啊？”刘汝熙有意拿他打趣。

“她不见了！”刘世庭的脸色惨白。

“她不见了！”他只重复着一模一样的、不知所谓的话。

刘汝熙吃了一惊。乡下地方未过门的媳妇第一次见面就失踪可不是什么好事，如果被族长知道，后果不堪设想，何况，他对那姑娘有隐约的好感。

“你等等，等等，把话说清楚，她怎么不见的？她二耿叔呢？你还跟谁说了？”

刘汝熙打开门，和世庭一起一路奔跑着到了石桥边，一边四下张望，一边问了他若干个问题。

刘世庭喘不上气的样子，苍白的脸憋得通红，胸口剧烈起伏。他原本就是个瘦弱的、文质彬彬的孩子，到现在也不过弱冠之年，出了这样出人意料的事令他一时难以理出头绪，有些胡言乱语。

刘汝熙定了定神，转着各色的念头继续问：“你先冷静一点，先说说看怎么回事？”

“她来了有段时间了罢，本来每天都会和我一起去给母亲请安，但今天早上我去她住的西厢房找她，她不在；中午我又去，还是不在；晚上我再去，她却还是不在；我去找她二耿叔，人也不在。”

“有人说看见那叔出村和邻村的谁玩牌去了，不知道今天晚上回不回

村。可是你看，现在这都掌灯了……”刘世庭嘀咕着，“她好像不是这么没分寸的人啊……”此时，刘汝熙的脑海里一片空白。

这也是位大户人家的小姐，按常理不带家仆不向长辈告辞绝不能临时离家。但她没见踪影这么久，必然有其原因，甚或不是一个人……想来想去，刘汝熙的眼前突然插进一个身影，这个想法令他浑身一震，不寒而栗。

刘村受不起那样的耻辱和打击。对叔公们不幸，对世庭更是不幸！但是现在，什么都还是未知数，什么都没被人察觉，一切都应该来得及挽回。刘汝熙看了看天色，现在应该是戌时的最后一段时间，还有机会挽回这一切。

左思右想了片刻，刘汝熙安抚刘世庭道：“有必要的话我会纠集所有的亲戚帮忙去寻找，一定会安全地把人送回来，你身体弱，先回去歇着，一有消息我便去知会你。”刘汝熙做完保证后，刘世庭便带着将信将疑的神情回屋去了。

现在，还有时间。

刘汝熙在手心连写了几十个字，那是他紧张时才会做的事情。除了中举后才得知皇帝即将被废除，以及雯在前年因小产差点送命的那次，他又一次从心底冒出了冷汗。这件事不仅仅关系到家族的荣誉，更关系到一个无辜女孩的名节和生命，他不能草率行事。

一个来自知书达理的大户人家的小姐，和一个看似十分彪悍的长相不俗的男人。该死！我早该从他们对望的眼神里看出些什么的，我是过来人啊！刘汝熙不由心下懊恼。

四处转了一圈后，刘汝熙从村口一棵最高的大树上，明白地看到通往枣子林的方向上隐约有晃动的烛火。

果然，刘汝熙在枣子林废旧的水磨坊边颇有些得意地停住了脚。因年头久远又闹鬼，村里无人敢来，许是这姑娘胆大心细，一段时间的休憩已让她熟悉了这里的环境才找到了这样一个隐秘的地点。

刘汝熙爬上了在窗外堆得高高的草垛里，从这儿能清楚地看见两个人影依偎在一起。

“你要让我成为罪人吗？一个不孝的女儿，一个不忠的妻子？”姑娘一边被男子的双臂抱拢着，一边不无挣扎地说。

“看着我，你看着我说，你真的这么想吗？这算什么婚事？现在都什么年头了？你知道，我也知道。我不管别人怎么想，我要带你走。”

“去哪里，你疯了！我一定要结婚的，明年就要嫁过来，我爹娘会气死的！”

“好，那你只考虑你爹娘好了，干吗晚上我留纸条你就来了？”

一阵令人心慌意乱的沉默，姑娘不知道该说什么。

“过来。”男子的声音忽然变得温柔起来，刘汝熙仔细地调整了一下不舒服的姿势，再度看去，只见在摇曳的烛光下，两张年轻又相爱的脸出现在眼前的窗子里。

他有些坐不住了，是出去立即阻止这一切？还是静观其变？何况，自己的偷窥亦有失君子所为。

一段时间的静寂，他再次探头望去，只见四片嘴唇牢牢地黏在一起。可是，他不知怎么的，丧失了破坏他们的勇气。

“我真的不能和你在一起，我想了很久。你会忘记我的，就像你到过的无数个江南的地方一样，美女如云。你就会忘记我的。”最后一句仿佛是为了说服自己一样，姑娘不知道哪里来的勇气，突然有些残忍地微笑着说。

“啊!”只听一声压抑的惨叫，刘汝熙登时想夺门而入！一把弯弯的小片刀，看似十分锋利，此刻已经架在了男人英俊的脸上，“唰”的一声，没等窗里窗外的萍和刘汝熙反应过来，一道血红的口子已经在他眼睛下方开了花。

“你疯了！你干什么？不……”一声凄厉的哀号过后，姑娘昏倒在男子怀中。

不知道过了多久，刘汝熙才得以放下悬空的心，看到她在男人的手掌摩挲下缓了一口气出来。

“我告诉你，这张脸在遇到你之后就没有必要存在了，你不在乎，我更不在乎！看还有什么女子会中意我。”男子用压倒一切的气势掠夺着她脸上肆意流淌的眼泪，狂热的亲吻她从眉毛到嘴唇的每一寸肌肤，两个人脸上的泪和鲜血混合着，触目惊心。

亥时已过。而刘汝熙被震撼了。他曾自以为是地认为只有他和妻子的爱纯粹无瑕，震慑天地。然而现在他突然问自己，若他没了才情，若雯没了美貌，他俩又如何能像这般撕心裂肺地相爱？他麻木地坐在高处看着他俩，清楚地听见自己的心脏在那里空洞洞地跳着。

“我们今生不能在一起，来生让我做你的奴隶吧!”姑娘似乎承受着巨大的苦楚，喝醉了似的从他的怀里摇摇晃晃地挣扎着站起身来，从腋下掏出一方手绢来擦净了脸上混乱的痕迹，并轻轻掸去自己身上的稻草和泥土。

她正要决绝地离去，男子在她身后绝望地捧住了自己的双眼，痛哭流涕，脆弱得像一个婴儿。

此时此刻，一个男人的眼泪压垮了那最后一根稻草，在他的泪水从深陷的眼眶里冲出来的那一刹那，姑娘无法自控地跪下去拥抱他，把脸贴在他的胸口，那么小鸟依人。那是一个错觉，令任何人都觉得自己得到了全世界一样的错觉。在这样的错觉里，呼吸变得沉重，身体变得笨拙，只有灵魂，比任何时候都清醒。

“原谅我，爹，娘。过了今天，女儿一定做所有你们要我做的一切!”她抬起头对着屋顶喃喃自语。

“你要我吗?”

“当然。”

“那么就拿去吧。”

她轻轻地用手指拨开了上衣领口的一颗菊花形的玫红色盘扣。

刘汝熙这才发现，她穿着一件米白的精绣着玫红色瑰丽牡丹的短旗袍衫，解衣扣的手腕上赫然系着一条红丝带。第二颗，第三颗，一抹少女的娇羞慢慢地重新回到她刚失去血色的脸上。

“不，不要，我要的是一辈子。”男子用亲吻简短地制止了她，之后像捧着露珠一样捧着她的脸。

“一辈子太贪心……今天我是你的人，永远都是你的人。但从此以后，你不要再来见我，我也永远不能再见你。”深思熟虑，斩钉截铁，温柔却又决绝。

男子即时就退却了“不。”

“求你了，只有今天了。”她哭了。

眼泪成串地滚落在他的手掌心。

“求你了，成全我吧，我是终将成为别人嫁娘的，不要作践我，让我的一辈子充满内疚和痛苦。”

“你!”男子目不转睛地注视着她，恨得咬牙切齿。她哀怨的眼神在黯淡的烛光里越发的令人心痛，那微微倾斜的下颚和浑圆的肩膀形成的迷人又流畅的线条叫人心潮澎湃。男子无法自制地埋下头去吮吸她裸露在外的头颈，那些个滚烫的吻仿佛能将他自己变成一种印记烙在她柔软的身体上，永生难忘。他将她翻转过来面对着自己，厚实的手缓缓地从侧面深入到她光洁的背，她像一棵秋雨拍打着的芭蕉树般浑身震颤着，又像是洁白的沙滩被汹涌而来的海浪强烈地侵蚀了。

深吸了一口夜幕中微风送来的不知名花朵的幽香，刘汝熙小心地从高处爬下。此时，他已经放下了矛盾担忧，心里无比坦然。他从地上捡了一块碎石，在回大屋的必经之路上简单地画了一幅路线图。他不知自己为何会纵容事情发展至此，但他竟丝毫不觉得歉疚和烦恼。这个难以言说的秘密，他必将终生保守。从某种程度上而言，他背叛了刘家的亲戚，背叛了刘世庭，在这隐约的罪孽里成了帮凶。但不知怎么，他竟不觉得抱歉或痛苦，相反在兴奋中带有一种解脱。

大笑了三声，他不无讽刺地对自己说，要想到一个说法面对未来洞房时可能面对的尴尬，可也不是那么容易的事。也许我本性就是个离经叛道的人吧……轻抬脚步，看了看东方山脊上逐渐泛起的鱼肚白，一路胡乱想着向村子走去。

星光闪烁，幼虫呢喃，都好似成了牛郎和织女偷欢的守护神。在这个连空气都充满了致命诱惑的上元佳节，谁又有错呢？

第四章　糖心莲藕

萍儿还没回来。葛氏对着墙壁整整数了一百九十四天。怎么还不回来？她对自己的病那是心如明镜，治不治都一样，她就想看到女儿快点嫁人离开这个面目可憎的家而已。念及此，葛氏心下凄怆。

院子里的菊花有的已经盛开，有的要等到秋冬才会绽放。好些个是稀罕的名品，有杏红藕衣、紫宸殿、鹤舞云霄、燕尾吐雾、金飞舞和醉红妆。

可是三姨太说她不喜欢菊花，要在重阳节后全都拔了，重新种上金桂树以兆财运广达；而五姨太说要在院子里摆上一张八仙桌方便打牌……

葛氏暗自发愿：阿弥陀佛！那花要是有魂灵，做鬼也不会放过你们。

葛氏还是姑娘的时候就嫁到了刘老爷家。刚开始，老爷嫌她不认识多少字。后来葛氏投其所好，一心侍候，见他喜喝茶，就叫陪嫁丫头春妮去茶园专门挑小指甲盖一样大小的嫩叶片，用山泉水给他泡茶；见他喜吃素斋，就专门到金陵的大钟寺学了一个秋天，才能做出又香又糯的素火腿来，配上几叶香菜，再暖上一壶绍兴的花雕，他的诗兴就起了，而她最喜

欢听他吟诗；他腿上年轻的时候跑船带了伤，一到刮风下雨就刺疼得走不了路，听土法说抓了野蜂用蜂螫的毒入药，就能降低疼痛，结果整整一个月，她在槐花树下被大黑蜂蛰得体无完肤，差点送命，还不敢回去丢人现眼，于是假说回乡探亲在客栈里一个人住了许久。在这许多付出后，她得到了老爷的真心相待，对女儿萍也视如掌上明珠，葛氏唯一没能为刘老爷做的事情，就是生个儿子。

葛氏的娘家不在扬州，不喜欢扬州干丝、江都方酥和油腻腻的炒饭。作为苏州人，好的是甜食，像是小豆干、糖藕、八宝粥、猪油糕一类。娘家光景好的时候，葛氏还爱吃松鼠桂鱼。

太湖边上那带着人婉转思绪的曲折石桥、富有美好意境的假山园林，甚至连湖心亭里冰凉的石凳也是梦中最常出现的。间或有唱腔柔软、词曲高雅的评弹班子来县城唱戏，葛氏都会求刘老爷一定要去早早地占个雅座，那成了她过去那些年来唯一的乐趣。

“大小姐回来咯!”门外有人大声嚷嚷着，令人头疼。

“阿大，啥人回来啦?”葛氏神经兮兮地问长工。

“太太，大小姐回来啦!”长工也好，佣人也好，连门口的小黄狗都欢欣雀跃。

异常欢喜地将女儿迎进门，葛氏连忙问道：“江都去了吗?”“娘，您身体好吗?”刚见面的两个人同时问了一句话。

显然，都不是彼此想听的话，萍和葛氏不约而同地皱了皱眉。

残烛也要最后发一次光，葛氏如今心里唯一关切的就是女儿的终身大事。

“萍儿，让娘看看。”

葛氏无限爱怜地把萍拉到身边，摸着她又黑又亮的长发。她看着女儿丰润的脸颊满足地叹了口气。

“何必去外面辛苦找药，我蛮好的。”葛氏埋怨道。

“娘，您胡说，明明身子不好。万一有事，我以后要怎么办？春妈已经煎药了，等一会儿就可以喝。”

“萍儿，快点嫁人，不要等明年，就年底好了，我要看你快点出嫁。”

一反常态的，萍没有反驳，也没有像以往那样显露出厌恶的表情。

“好的，娘，您安排好了。”

葛氏闻言刚高兴了一秒，转而觉得奇怪，为什么莫名其妙地感到不安，女儿的眼神分明没有一丝的喜悦。

“哎哟，大小姐回来啦！我说大家为什么这么开心呢！”门口发出吵得人心烦意乱的声音，不用抬眼皮，葛氏就知道是那个骚气的三姨娘。“三姨娘好”萍照例的乖巧着。“我从云南带了点土特产回来，放在厢房了，还有几匹花布，姨娘去看看欢喜吗？”

葛氏的恨意再一次像秋天肃杀的空气一样弥漫开来，用眼睛狠狠地瞪了瞪门外的几个人。

“哎哟，那真不好意思，谢谢大小姐啦！”

虚伪、狡诈、无耻、恶毒。成日里巴不得我的闺女回不来，还指望我死，老爷那点家业就算活着被他们吃光用光都是不够的！葛氏边想边气血上涌，剧烈地咳嗽起来。

“娘，别再和那些人生气了！”萍嗔怪道，一边用手轻拍葛氏的背脊。

“过了这个月天要慢慢凉了，我给你做了床新被子。”葛氏看着萍转来转去忙活的背影说：“瘦了好多。”

“娘，身体不好就别再弄了，我自己也可以弄的。”她井井有条地拾掇着。

葛氏心里充满自豪。自从嫁到刘家，虽然没有生个儿子来，但是刘老爷对萍的疼爱有目共睹，她实在是懂事又伶俐。才 7 岁，就能背出她老爹书架上大部分的书，到 10 岁上下，就帮老爷去麦场监督称谷，13 岁左右，去账房学习算账，连穆先生都说她是把持家的好手，脑袋里的算盘打得和手上的一样快。现在呢，虽不是闭月羞花，也已经出落的亭亭玉立了……葛氏沉浸在自己美好的念想里，全然没听见萍说话。

“娘!”

“什么事?”

“我想下个月就出嫁。”葛氏呆了一呆。看了看萍的表情，她正望着门外大槐树上的一只什么鸟出神。“今天可以吃一碗您亲手做的糖心莲藕伐?”

第二天一大清早，葛氏和春嫂就在灶头间一对一地打米糕，这样的打法可以确保糕又糯又有劲道，这也是萍儿喜欢的吃食。春嫂嬉皮笑脸地说：“太太，这下开心了吧。”

“嗯，开心。”葛氏心里像喝了蜜一样甜。

“我昨末子听老爷在书房里讲，小姐下个月就要出嫁，对门就是江都的独子刘少爷，多好的亲事啊！还有，老爷还是喜欢太太噢，我亲眼看到他到灶头间去弄药，熏到不行!”春嫂花枝招展地挥舞着手上的擀面杖，仿佛是在挥动着江南织造局的丝帕一样。

“你哪一只眼睛看到啦?”葛氏忍不住痴痴地笑了。心情大好，头也不疼了，胸口也不疼了，腰板也感觉比平日里结实了。

晌午刘老爷出门的时候，还稀有地过来葛氏房里问了安，亲手给她头上送了簪子，那根紫玉雕花的银簪子还是年轻时他送的礼物，托人从洛阳带来的，珍贵得紧。

糖藕在青竹做的小蒸格里散发出扑鼻的清香，让人仿佛置身于夏日百顷荷田，万朵玉莲之中。

萍小时候经常和葛氏一起坐在一叶细长的小舟里，一边唱着小调，一边在湖里穿行。被那一朵朵或粉红色娇艳无比、或洁白如柔润月牙般大小各异的莲花所吸引，萍多次伸手去摘因而险些掉下船去。

下月出嫁，我要将我的陪嫁衣服给她……葛氏满心欢喜地转到里屋，从床底下拖出一只沉重的樟木箱，在里面仔细地用手摸索了半天，终于满意地找到了所需要的东西。她如获至宝般上下端详着它，这是一条青色和藕色相混的旗袍，一件旧式的嫁衣，领口用纤细银丝带锁住了密密麻麻的针脚，盘口是最难做的蟹花扣，亦是银白色的布料，上身靠近胸口的地方是苏绣的银色的一朵含苞待放的荷花，腰身收得很好，下身靠近开缝的地方亦绣着一朵荷花，却是淡淡的墨色，已经怒放。她抱着嫁衣思绪万千，一会儿哭一会儿笑，完全沉浸到自己的回忆和对女儿未来的美好期盼里去了。

正是八月十五，刘老爷安排众人都在正厅用餐，老爷和各位少爷、小姐、太太的兴致都很高，唯独萍一副心事重重的样子。

“萍儿，你如果不出嫁，我倒真要考虑叫你管管老街上新开布店的事情了。”老爷放下了筷子，满足地喝了口茶水，说道。

“这怎么可以？大小姐不是马上要出嫁了吗，再说姑娘家做男人的事情不成体统！”三姨娘闻言立刻坐了端正，急不可耐地插话进来，又跟着用手肘用力撞了一下自己胡吃海塞的儿子。

刘老爷看也不看她，爱怜地对着萍叹了口气道：“可惜你就要出嫁了。不过，爹想过了，嫁也要风风光光，你喜欢茶叶的，我拿勒善茶园跟周庄里三间茶叶铺给你做嫁妆！”

“当啷”一声，好几只碗和茶杯同时掉了下来。

“老爷，您怎么可以这样！这是家里最有赚头的生意了，现在世道那么乱，到处砰砰砰在打枪，这个皇帝老儿做不做得长也不清楚，万一有啥事，叫我们这十几口人喝西北风啊！”

“就是啊，老爷！”

“老爷！不作兴啊，您不好太偏心啊！”

此起彼伏的叫骂声喧嚣开来，全然没了开始时那和谐的场面。

“进屋吧，别管他们了。”萍和刘老爷两个都突然站起身来，一边一个地扶着葛氏进了屋，远远地就听见几个妾在外面继续大吵大闹。

葛氏默默将身体紧靠在老爷身上，好像心有灵犀，刘老爷顺势托住了她的腰，什么话也不消说，多年来的委屈突然就消失得无影无踪，葛氏终于明白老爷的心意从未改变。刘老爷拉着葛氏走到花床边坐定，一手揽着她的肩膀，两人就这样并排坐着，紧紧依偎着，感受彼此已陌生多年的体温，一起看萍给他们打水绞手巾。

葛氏的眼泪一时间竟然无法止住，扑簌簌地滚落在衣襟前。这才是我的家，我的夫和我的儿！萍静静地坐在她们脚下，抬头看去，窗外一轮明月圆盘似地悬挂在空中，仿佛伸手可触。

一夜无话，第二天的清晨，葛氏还未梳洗完毕，老爷和萍都不在屋里，她只听到大院里闹纷纷的，便慌乱地抓了几件衣服穿上，心里无端地被恐怖塞满。

她便大声叫道：“萍儿！春嫂！阿大！”可是没人回应，只仿佛听得院子里外都在哭喊老爷老爷，这让她更加魂飞天外，就在门口不经意被门槛一绊，一头栽倒下去。

第五章　刘家祠堂

“亲家公婆无缘无故都过身了?”祠堂里的气氛仿佛多年前因父亲过世而怕拿不到工钱的短工们闹事导致染坊停工时一样剑拔弩张，刘家祠堂里各色人等全都到齐，又一次，刘世庭觉得自己那么的重要。

老泰山夫妇的亡故，听来确实很蹊跷，据高邮打听来的消息说，刘家老爷临睡前吃了一段莲藕，可能未清洗干净，上面粘有蛙毒抑或蛇毒，翌日清晨便暴毙了。至于主母，本就体弱，又加上莲藕据说是她亲手所做，故而一病不起，三日内便跟着故去。

对此，刘世庭没有任何可以插手帮忙的地方，他只希望托姐夫以此为借口去提亲一事能够顺利进行……她娘家的人会在服丧的七日刚满就放她走吗?

为此，他已经慷慨地放出话去，为示同宗悲痛之情、晚辈子婿孝敬之意，无须娘家再奉嫁妆。

他焦急不安地在大堂上来回踱步，时不时地注意着祠堂里祖宗牌位上的那炷香。“世庭啊！你不要这么着急，那二耿兄弟不是早带信来说他家

大侄女没事情吗，已经在路上了，你就宽宽心。”三叔公老气横秋的声音在祠堂的上空飘荡，一下子就让世庭软了膝盖，他跌坐在一把太师椅上，脑子里乱得理不出个头绪，像被太阳烤焦的鹌鹑蛋烦闷憋屈得要命。

乡下的天，说变就变，早晨还是一片晴空万里，中午却稀稀拉拉地下了几场小雨，现在倒好，干脆阴云密布了。乡下的人看老天爷的脸吃饭，连绵的凄风冷雨就像这动荡的国家一样已经成为必然之势。这一年，从苏北来的灾民益发的多，淮河两岸刚受过旱涝的有些的县近些天又起了不着时令的霜冻，种田的颗粒无收，养鱼的塘干池烂，怎叫一幅萧瑟悲惨了得！

三叔公拄着虎头拐杖嘀咕地敲打着青石板，好像在着急这场雨怎么还不下来。但实际上，他的心里正着实担忧着自己家后院的那些块地力枯竭的田，再这样阴雨寡照下去，恐怕不要说油菜，连丰穗高粱都怕种不起来了。七弟家的水稻清明前就种了，总算是时机挑得好，没料夏天连续的艳阳高温，又接连着暴雨阵阵，到了八月里，基本是个绝收。村里因打仗什么的去了很多本地和外地的劳力，自家族人里的青年本就不多，却又买了这个教训，好不窝痛。

重又下了一茬秧苗，好不容易熬到九月里开了花，盼着是个丰收的景象，总以为可对付乡里的税官，不想这到处革命，京城里的远亲也联系不上了，地面上的官换了一拨又一拨，多不同宗同族，也不似以往通融，只当是个大家族好说赖说才算可减免些许罢了。这一年不如一年的光景叫一大家子殷殷的希望如何寄托下去呢？

此时的刘世庭内心波涛起伏，他一脸焦灼地坐在椅子里，一手紧紧地抓着一只茶杯，连着几杯茶下肚却仍觉得口干舌燥。祠堂的屋檐掉了些瓦片，横梁上的木窗也似该修的景象，文武双全凳依旧威严，祠堂给人的感觉却不同往常。

“多谢各位长辈照顾”和当初走的时候全然一样的话，再来时这番客套却分明更加空洞，或是因为双亲暴亡，刘家小姐的脸不再和以前一样温暖柔润，而是一派凄惨的颜色。

祠堂里的空气分外的凝重可怕，一半是因为这恼人的税官刚走，一半是因萍穿着黑色的丧服，腰里、头上还环绕着惨白的麻带。

刘世庭见状却并不介怀，辛苦等了多日的他三步并做两步地急迎上去，毫不避讳地一把将她揽到怀里。而萍也丝毫没有抗拒，仿佛顺应着命运的指引而被他温暖的手带起了一片涟漪，静静地依靠在他的肩膀上。

看到这一幕，祠堂里的男女老少都笑了。碧玉似的两个人，如此年轻的美好和温暖让所有人为之感动。在人群中，有一双犀利的眸子静静地等待着，终于在那眼神环视自己新家一周后毫不意外地相撞了。

萍微微地吃了一惊，只见那双眼睛充满理解和宽容地对她眨了眨，这使得她仿佛灵魂被看穿般忽地红了脸。那人伸出手来在空中画了一张地图的样子，然后便对着她宽容地微笑了。

刘世庭的书信和行动让她知晓未来丈夫的好，也知晓刘村的族人并没有因少了嫁妆而鄙视她……而现在，这双似已相识多年的眼睛，正是给她指引的人。而他正以坚定而温柔的目光告诫着她：忘记，新生，好好生活。

于是，在这样的目光里，她忽然觉得自己远离了那些阴险血腥，远离了父母的深仇大恨，暂时的平静了。

这一切，都是命运的安排，而她欣然接受了。在这昏暗的祠堂里，当着所有刘氏祖宗的面，她暗暗下了决心，而她下决心的方式，其实与这古老的祠堂格格不入，因她是在心里画了十字；而别人，永远不会知道。

最近，刘村闹猛鬼。这已远近闻名，因此县里派来监督税和收成的人都比往年少了很多很多。倒是刘村自己的人，仿佛乐在其中，虽然小孩子不再被允许在池塘里游泳，但大人们照常忙活，并没有丝毫受惊的样子。

其中奥妙，刘汝熙是最清楚不过的。每次闹鬼，其实都是他和萍、雯在废磨坊里治病而已。他知道这不是寻常的疗法，因为他从没看过听说过，就算孤陋寡闻吧。但萍的方法却着实怪异得很。

她说是在云南的时候，因为她身染怪病，当地苗医给她治疗的方法。为了不使得雯怪笑的声音太响惊动族人。是萍想到装神弄鬼来避祸。乡下人胆小又迷信，听见半夜的高低诡异的声响，连同笔直上升的充满怪味的烟火，又见莫名其妙的各色影子穿来穿去，一传十，十传百，就成了出名的鬼屋。女人们纷纷严厉告诫孩子不要去鬼屋周围，连族长们都不再涉足这片林子。他们几个行事因此就方便了许多。

唯一棘手的是刘世庭。

他初尝雨露，故而每天都痴缠着萍，比起新婚燕儿时有过之而无不及，令大家颇为头疼。某日，连雯都埋怨他孩子气，腻味得很。听她这样评价和自己几乎一模一样的人真是十分好笑。

萍用给她母亲带回的苗药做成浴液，她说苗药有许多独特的治疗方法，她并不会，唯一会的就是熏蒸疗法。她先叫汝熙去弄些烧红的砖块放入汝熙托人特制的齐人坐高的老木桶底下以产生一种腾腾的氲气。然后再将煮沸的药液全部倒入其中，叫雯全身赤裸着进入盆内，再在上面加大小如头的有洞的桶盖密封直至水冷却。这个过程相当煎熬，每回雯都又笑、又哭、又喊热，待她最后从桶里出来的时候，活脱脱就像一只去了毛的童子鸡！这让雯羞臊万分而避见刘汝熙，一定要等上个把时辰，再看雯，已是气色红润，周身水嫩得很了。其中有些是刘汝熙抄了方子，以备不时之需的药，如伸筋草、黑骨藤、透骨香、生乌头，有些连萍也叫不上名字，只说是别人拿给她的。至于这个别人是谁，刘汝熙自然心知肚明，却又心照不宣着从来不去询问一二。

日复一日，雯的情况越来越好，直至有一天，她又重新幻想起生孩子的事情来。治疗刚结束更衣完毕后，或许发现萍的身材有些走样，她便问到：“弟妹，你是不是怀上了？”

萍颇羞涩地说：“你眼好贼，我都穿了工装，你还能看得出来。”

“世庭知道吗？大喜事啊，世庭有后了，老爷们都会高兴的！”

“不要说开了去，现在非常时期，大家伙儿哪有精神管我，世庭要考虑怎么把书广斋的债务了结，他以前也没做过，心烦得很，我自己照顾着就行了。”萍淡淡地说。

“我真搞不懂你，头胎啊，一定是个男孩，你怎么一点也不激动呢！”雯责怪地说：“要是我能有一个孩子，我不知要怎么疼怎么爱呢！”

萍没有接过她的话去，只是轻轻地抚摩了一下自己尚未隆起的腹部。她抬头看看窗外略带灰色的浮云，仿佛自言自语地说：“这年头，在外面闯荡的人一定不好过啊。”

刘汝熙彼时正夹着一把油纸伞，从外面兴冲冲地回来，“萍？你也在。世庭回来了，你快去看看吧，他还带回来一个戏班。”

“什么？”萍和雯同时问。

刘汝熙仔细端详萍的脸和身子，她的脸没有通常孕妇的臃肿和变形，却笼罩着一丝看不见的忧愁，只有那双眼睛，依旧明亮。身材虽不似初到时那般苗条，却依然以某种自信自然而然的端正着。“看什么呢？我要吃醋了。”雯在一旁噘着嘴说。两个人闻言都大笑起来，雯莫名其妙地拍打刘汝熙。

“冠年兄，你不会是想说我胖了吧。”萍思忖着他打量自己的眼神，那眼神里有朋友的嬉笑，长辈的关心，还有，一丝知己的鼓励。

“是啊，我正想说这个，被你看穿了。”刘汝熙自嘲地一把抱起了雯，说道：“我的乖，今儿个也给大爷唱个小曲吧。”他们打情骂俏的工夫，萍已自顾自走出了小屋，她长长地吸了一口屋外清新的略带点湿润的空气，迎着扑面的凉风，整理了一下自己的布衫。

一个戏班？这是唱的哪出，眼前口粮那么紧，堂房的三叔公前个天还来商量补种苞谷要的份钱，这会儿怎么有心思听唱戏了？她不由得眉心攒了起来。

没有娘在身边这许多时日，她已习惯了自己一个人默默地舔舐伤口，可是当世庭的脸因过于接近而变得模糊的时候，她却总是难以自控地想起爹、娘，还有那个最不应该想起的人。现在，那一切的一切，都劈头盖脸地向她袭来，使她觉得自己比路边被风吹得东倒西歪的竹枝更脆弱。

高坡上一块荒地触目惊心地裸露在山前，一年前这里还是满朴朴地种着什么果树。像这样满是荒草的地在刘村已经不止一家，二叔家的参了军，三叔家的去了金陵，连他四婶家的小表妹都学坏跟着一个退役的军官私奔去了广州。

刘村的辉煌岁月好像只有村头那块牌匾，祠堂那个文武凳能够证明了。

第六章　金陵寻梦

转眼就是又一年秋分，刘村的清晨比往常的任何时候都热闹。刘家祠堂再一次人头攒动，这样的景象使得年届九旬的三叔公异常兴奋。在他有生之年，连自己的儿子、侄子都已经过世，却还能够亲眼看到五代孙，真是前世修来的福气！为此，他特意早早地赶到祠堂，上了第一炷香。

他这一炷香，是为他当年亲自选中的侄孙媳妇上的。现在每当邻村的人眼红刘村过年还能吃上流水宴的时候。他，老刘头，就不由自鸣得意地想：是他当年力排众议，将双亲亡故、身带不祥的萍丫头接过来给世庭成的亲。现在看来，这丫头不但圆满地完成了照顾世庭、养育孩子的计划，更出人意料地成为刘村持家的第一把手了。

并且，她和对家族事务一向冷漠的长孙女婿刘汝熙关系奇好。曾经是举人的汝熙大大地使用了他在问学时的关系，帮了村里不少事，比如村里不怎么短缺油和药品，就是他有同学在城当官的原因。在他们两个的带动下，村里的农务安排得井井有条，村里的公共账面上比自己管理的时候有更多的盈余。村里的人们都乐意听她的安排，竟然在早就废弃的北坡上开出了茶园，早听说她父亲是茶庄的庄主，没想到她居然在出嫁没有嫁妆的情况下偷偷带出了茶园的工艺制作册子和茶种……这所有的一切，就像是七仙女下凡一样神奇。

“男孩！是男孩！”伴随着一声清亮的啼哭声划破天空，有人从堂房一路直冲到祠堂狂喜地喊：“恭喜啊！恭喜！”祠堂上下沸腾了，三叔公却镇定地端起来早就泡好的茶，美美地嘬了一口说：“我早就知道，一定是男娃，她身子好得很。”“是啊，是啊，您法眼。”

萍努力地紧闭着双眼，她到现在都不愿意去回想这一天一夜的经过：半夜里她开始腹痛难忍，虽没有酸痛的感觉，却见了红，她大声唤着刘世庭，怎料他竟自睡得死沉。

萍无可奈何之下，勉力支撑着自己臃肿的身体去找刘汝熙和雯，过了许久才被送到堂屋，雯赶紧起了暖炉，然后叫了一个早就安排好的产婆来，本以为一切就绪，没料整整一夜过去，死活也开不出三指来了。

剧烈的疼痛似乎没有尽头，她很想叫出声来，但一想起雯在门外已经紧张得即将昏倒，那声音到了喉咙口便无奈地变成低沉的嘶吼，而叫喊也不能使孩子顺利的降生，在朦胧的灯光中，她的眼前出现了父亲清瘦的背影和母亲温柔的笑颜。

“我快死了吗?”她咬着自己的嘴唇，努力想保持清醒。却在朦胧中看到另一个人影，英气逼人地朝自己走来，伸开了双手，“不！不！我不能死！我的孩子！”她疯狂地伸手去抓身边所有够得着的东西，终于抓住了一把藤椅。手触到冰凉的藤皮的一瞬间，往事一幕幕在她眼前飞快地跑过，不留痕迹。

她终于看清了眼前的脸盆和地上的水。“羊水都绿啦，大少奶奶，你使劲啊！”产婆哮叫着。

第一缕阳光洒向院子的时候，萍在又一阵更剧烈的撕裂样痛感中昏迷过去。

到了正午时分，她终于平静下来，身边已经平躺着一个手脚乱蹬的婴儿。

这是她的孩子，一个男孩。一个她熟悉又陌生的人。一种从未有过的温暖的感觉向她涌来，她轻轻地将他的小手小脚聚拢起来，温柔地看他：只见他红乎乎的小脸皱巴巴的，每个指甲盖子都那么透明，呼气的时候一抽一抽就像是在抗议。这就是我的孩子吗？她再次打量着他，心里却始终缺少了点什么。

一个不经意的念头突兀地抓住了她，令她觉得呼吸困难。昨夜她曾经见到罗震的脸吗？为什么？为什么会出现他？父母确已早逝，而他……不会的！不会的！一阵强烈的恐惧感密集地、紧紧地碾压着她的胃，令她抑制不住地呕吐起来。

“许是难产的关系，将身子搞坏了”大夫对刘世庭说。

刘世庭捧着妻子的手，她正昏沉沉地睡着。她的手已不再像刚来的那时那么温软滑腻，睡姿即使那么柔顺也不能让自己再想起什么诗词。

半年后，刘世庭和萍的关系急转直下。

自从萍生产以后，不知为何，整个人都冷冰冰的，夫妻之间除了互相问些与孩子有关的事情，就几乎没再说过什么体己的话。

有时候刘世庭有一种极莫名的错觉。尽管她身子柔软，可自己一碰，她就立即僵硬起来，连自己在她耳边轻念“香肩揉红玉，吹箫醉白菊”这样诱人的词句时她都像皮影般。

她能将家里家外都打理得井井有条，甚至能和长工一起喝酒，和城里来的县官有分寸的言语，冬天到了就和妯娌们一起酿酒、晒肉，夏天到了

跳到河里放鱼苗、摘莲藕，仿佛世上没有她做不得的事情。独独对他，夫妻间的温存美好她却似尽义务般配合着应承着，男女之事，虽然小事，却让他渐生隔阂，更多的时候，不仅她毫无趣致，他也意兴阑珊。久而久之，刘世庭已觉得寡淡无趣，不再似以前总是围着萍打转。

直到邻村戏班里来了个唱小青衣的当家花旦，刘世庭便从此沉沦了。

那小青衣唱的是青衣，端庄秀丽，但是私下的行为做派却好似一个粉头，她只咯咯笑着，拿尖尖的指甲轻轻地在世庭的脖子上挠了挠，那一晚刘世庭便没有回家。

第一次发生这样的事情，萍不知所措，她给孩子喂好奶摇着孩子睡了，便起身去汝熙房里询问。刘汝熙早就听说邻村戏班的事情，他不敢去想刘世庭一夜不归到底干了些什么荒唐的事，但出于男人的直觉，面对着萍疑惑清澈的眼神，他一时间竟无可奉告。

庚宝百日酒，刘世庭再次喝醉。

月色刚起，他便又一次去了戏班常驻的客栈。这一次，在搭拢着艳红色织锦幛子边坐等世庭的不是那个千般妩媚、身若无骨的梅姑娘，而是刘汝熙。

“姐夫……你在这里干吗?”他大吃一惊。

刘汝熙冷冷地瞥了他一眼说：“坐下。”

他一屁股跌坐在绣床上，床上还有梅姑娘的小丝巾呢!

“世庭，你怎么能这样? 萍是多好的姑娘，她刚生完孩子，你不好生抚慰陪伴却来这里厮混?”

不待刘世庭辩解，他又严厉地说：“你不要解释，我知道你在想什么。可是我跟你说，萍是一个好姑娘，你要好好地和她过日子，你明白吗?”

刘世庭理屈词穷地瞪着地砖，手里转着丝巾道：“她是大家闺秀，不会计较的吧，刚开始我只是玩玩而已。”

“刚开始？那现在呢？现在又想怎样？”刘汝熙震怒了，“你居然说这样的话，你不知道她为你放弃了什么！你不能对不起人家，更不能到这给刘家丢脸！”

刘世庭有些坐不住了，挣扎着欲顶撞他，慌乱中口不择言地说：“我们刘家的事几时轮到你管？”

仿佛自知失言，他又困兽般挣扎道：“她放弃过什么？没有我们刘家，她现在不知在哪里！我成天捧着她，她却冷着个脸，有的时候碰都不让碰，哪个男人受得了？”

因怕自己立时会失去勇气，他更加急迫地补充道：“我要纳妾。”

仿佛晴天霹雳，刘汝熙一时之间不知怎么应对，本来高高举起想给他一巴掌的手腾空停住了。

于是刘世庭心下得意，满以为压倒了对方，颇有把握地说：“姐夫，你放心。我还是很尊重她的，如果她同意，我就纳妾。我想各位叔公都会同意的。”

刘汝熙呆坐了半晌，突地起身随手拿起桌上一张纸，往刘世庭脸上一摔，幽幽地说：“那你休了她吧，她绝不会同意的。”

“为什么？”世庭大惊失色。“她，她不会吧，她没有地方可去，况且，我觉得她不会介意，既然她不喜欢我碰她……”

刘汝熙痛心疾首地看着世庭，眼眶上的神经激烈地跳动着。何以他看着长大的孩子会任性和幼稚到这种程度？“世庭，现在是民国！坐天下的不再是宣统皇帝而是袁世凯和段祺瑞他们！你不知道现在有离婚的说法吗？你不知道现在外面在闹革命，革命者是奉行一夫一妻的吗？况且萍是基督徒，怎么能接受你有妾！你好迂腐！”

然而刘世庭一脸不解的迷茫表情，丝毫没有表示。

刘汝熙长长地叹了口气道："我居然没有想到你连萍是信奉基督的都不知……"

没有任何征兆的一个清晨，萍在刘世庭的生活里，再次失踪了。

那前一天的晚上，他带着戏子回的家。萍听到厢房里传来的嬉闹声时，她竟没有勇气去管。最后只能通知了三叔公。

刘汝熙多方奔走和努力未果，终于在此后一周，收到了萍托人捎回的消息。只见那娟秀的字迹下泪痕犹在：

冠年兄，小妹今至金陵，现居无定所，且此行匆忙，未带足够钱粮，请速前来金陵城乾大客栈，时局混乱，勿兑银元，银票即可。妹心切切凄挂小儿，唯请雯代为照顾，如此甚安。妹之行踪勿言。

金陵，对于萍来说，不是一个陌生的地方。她一心想找到马修神父。可是，东城门小教室的原址上只有残垣断壁，那些曾经鲜嫩的花朵和散发着清香的蜡烛，五彩斑斓的玻璃窗，现在都奄奄一息地以识别不出的姿态横躺在那片废墟上。她不敢再去追问，怕问到更可怕的真相。

再一次，她穿上男装，为的只是保护自己和方便行走。这令她无数次想起了罗震，三年多了。他在哪里，在做什么？是否还记得自己？五天来，她行尸走肉般穿梭在大街小巷，却依然不知道自己想干什么。她漫无目的地游荡到秦淮河边，清楚地看见水中自己歪歪扭扭的倒影。此时，耳边传来歌伎的尖声浪笑，她猛然记起了自己出走的原因。

她不恨刘世庭，也不恨命运，甚至连气恼都没有。她只是茫然，很想仰天长笑。老天给她开了怎样的玩笑，让她如此努力地放弃一生的挚爱，却最终被人遗弃？她在水里看不见自己的表情，也听不见自己的声音，仿佛整个世界都在一个巨大的容器之外向她发出嘲弄的笑声。

他不知会怎样恨我！

她在心里碎碎地念叨。当日父母已逝，当日其实已没有了出嫁的理由，她只是为了当初的一句对父母的承诺，为了早日远离那个可怕的宅院，匆忙做的决定。她根本没来得及考虑他，丝毫没有想过去找他。从某种意义上说，是他的居无定所让她丧失了勇气、进而背叛了他。而且，还是在他早已远离、全不知情的状况下！难道今天的一切都是因此遭受的报应？念及此，她凄惨地笑了。

主会因此惩罚我吗？她第一次不那么肯定地画起了十字。

回到客栈之前，她仔细地筹划了一遍自己的未来，可是依旧没什么头绪。在客栈的大门槛前，一个熟悉的背影立即给了她答案。

“哦，简，我的孩子。”马修神父的声音令她觉得温暖非常。

“神父！”她泪如泉涌。“我看到你在教堂地上用炭笔写的字了。”神父赞许地说：“你一直是个聪明的姑娘！”他是一个圆脸胖胖的中年男性，戴着一副古怪的圆玻璃片，身穿长长的教士服。看起来性格极其和蔼，只有那双无所不知的深蓝色的大眼睛展示着非凡的智慧。

“简，你遭遇了什么事情吗？”马修神父搂着萍在二楼的雅座就座，斟酌着一字一字地问到。

面前摆放着几天来第一次闻见肉香的汤包，萍却难以下咽。“神父，圣公会还在招募女传道吗？”她没有直接回答却拿眼睛直愣愣盯看着神父问。

“好吧，孩子。”神父微微叹了口气说，“如果你不想提就不说，但是生命是主赐予我们的最美的礼物，我们要学会珍惜。任何痛苦，都会过去的。”

顿了顿，他往萍的碗里塞了一个汤包，继续说：“如果你决定加入服侍主的行列，我欢迎你。”

萍的双眼开始模糊，她轻微地点了点头，声音越发的低了：“我该怎么办？主会帮助我吗？”

神父握住萍的手，怜爱地说：“没有人能帮助你，你知道的。你必须靠自己。但主会一直关注你，一直指引你。”

一片沉默，神父发觉她的手冰凉冰凉的，丝毫没有转暖的迹象。

“这样吧，孩子，我正在帮助季盟济会长筹建一所新的大教堂，现在正在募捐，愿意的话，你可以帮我管管庶务。”

一丝喜悦急速地闪过萍的眼瞳，她用力点了点头说：“需要我做什么我都可以做的。我会记账，管管仓库也没有问题，另外，您当初教我的英语我也没有忘记，一直自己在学习。”

“很好。”神父欣慰地点点头，向上推了推玻璃片“会长已经买下了门帘桥的一座旧房，准备在那里建造，名字也已经暂定了，叫圣保罗堂。你如暂时没地方住，先住到我租用的临时学校里去，你觉得怎样？”

崭新的画卷在萍的眼前打开，她似乎已经忘记了此前的痛苦，专心致志地投入到教堂的建设工程里去了。

每天清晨，她的身影准时出现在东门，向晌午前进出城的男女老少散发她前晚手抄的募集资金的宣传单；中午的时候，她去教室，给新报名教会少年班的孩子做登记工作；简单地吃完午饭，她又赶到门帘桥附近，为采买建材和招募施工队而忙碌。

转眼才过了几天，她的名字和脸就渐渐被绣花巷那一带的住民所熟悉，那样的一个手脚麻利、热情和蔼的年轻女子的来历也成了人们茶余饭后新鲜的话题。

这天早晨，一位不速之客出现在萍的偏门前，轻拍她的房门。

“哪位?”萍夜里睡得不好，梦里儿子在向她伸出双手大声啼哭，让她充满了不安和内疚，几乎已经动摇了她多在此地待上一段时间的决心。因此她开门的时候整个人恍恍惚惚。

来人是一位年轻的女子，她活像是从映画里走出来的电影明星，眉毛修得极细、额头前整齐地梳着一排圆润的刘海儿，艳美的唇色熏染得恰到好处，身穿着玫瑰红色高衩旗袍。这样的装扮令沿街的女人都自惭形秽，却也有点惹恼了萍。

“请问您找谁?”萍有些不客气地问。

“我是来捐款的。”对方自称是个信徒。

一个真正的基督教徒应当信奉简朴的生活方式。看着对方的装束，萍暗自不满。她从容不迫地笑了笑道：“小姐，很感谢你对教会的支持，但是我们只接受教民的捐助，如果是社会人士的话，你可以直接联系我们会长。”

年轻女子的脸有些变颜色，她定了定神，匆忙地说：“我急着要捐钱，今天必须捐掉，你看怎么办?”

多么荒谬的理由?萍不禁有点好奇，她仔细地打量了一下面前的女人，觉得她的脸似曾相识……

“你…你是陆雅珍小姐吗?”她有些突兀地问道。

对方闻言扶住门框仔细对望了她一阵，然后犹犹豫豫地说：“我是……你是……你是简?”

尴尬的气氛转眼就变得轻松而融洽，原来这位小姐是昔日教会学校的同班同学。她是金陵城里极富庶的大户人家的小姐，但对萍来说，她唯一羡慕的，不是她时髦的蝴蝶结、身上飘出的花露水的浓香，或者她显赫的

家世，而是她拥有一个完整的名字和在金陵女子大学旁听的身份。

但是眼前这过分艳丽装扮的时髦女子，仍然叫萍很难同原来穿着考究的青色学生装，梳着乌黑麻花辫的清纯少女联系起来。

萍的脑海里充满了疑窦，但是眼前真诚甜美的笑容告诉她，这还是以前的陆雅珍。

“快进来坐!”她往里让了一大步。

那一年的金陵空气比往年都更燥热，雨水又多，就在两人聊天的当口儿，窗外已经乌云密布，一场暴风雨即将来临。

第七章　四十六号监狱

萍无论如何也想象不出，自己刚经历了那么多变故，好不容易投奔到金陵安顿下来，一心只想做点事情，怎么就遇到飞来横祸，居然被关进了牢房！

什么密谋集资，什么反临时政府共犯，什么反革命党，这些她从来没听说过的符号一股脑地向她砸来，一时间令她招架不住。

一个獐目鼠眼的军官，用手里的枪顶了顶头上歪歪斜斜的帽子，站在她的对面，无礼地打量着她的全身，这令她觉得羞愤万分，仿佛这下流的眼神已将自己剥得一丝不挂。

她的手被反绑在一把高背的铁椅子上不舒服地拷着，神志却依旧清晰。在这段他打量自己的时间里，她的脑子飞快地转了起来。

这一切定是和陆雅珍有关，临走的时候，她交给自己一本小册子和一大卷银行券，千叮万嘱要今天送去马修神父处。

难道，马修神父也与此事有关？难道陆雅珍不顾家族的安危真的做了革命党？然而做革命党不正是现在最时髦的事情吗？难道革命党内部还分

宗派自相残杀？她万分不解。

在刘村，常听刘汝熙有提到他们，他抱着同情和理解同时又一定要置身事外的态度警告过萍，如果有朝一日不幸被卷入任何事件，至少学会保持沉默。她暗自下定决心，必须忠于神父，忠于主，必须保持沉默，绝不泄露有关他们的半个字！

主意打定，萍用眼角的余光偷偷瞄了瞄门口那个从进来的时候就对她显示出好感和同情的一名年轻高个子的士兵，故作高声道："你快放我出去，看你的官衔，凭什么来审问我，我是教会的人，我们会长和司令很熟，你可要小心对我。"

她之所以这样说，并非全是胡扯，会长季盟济和马修神父确实和临时政府里的官员有不少往来，她从账面上能看出来。因此她猜测，自己若能拖住对方不受残酷刑讯的话，便有可能获救。

果然，她的话起了作用，那个军官收敛了自己的眼神，严肃地用鞭子尾部敲打了一下铁凳子的边缘道："是吗？你们会长认识哪位司令，说说看啊。"

萍有些口干舌燥，却依然不慌不忙地看了看他，以温和的神态说："军爷，你把我这么绑着，我都吓坏了，哪里还想得起来？"

军官颇为受用地点了点头，"嗯，这就是了，女人嘛，细皮嫩肉的，怎么经受得起这些个家伙呢，我自己找找看吧。"

他绕到萍的身后，替她解开了绳子，却并不放手，而是不怀好意地抓住了她的手背，另一只手在她身上煞有介事地肆意摸索起来。

萍一时间热血上涌，眼泪不听使唤地冲上了眼眶，她强忍住自己满腔的怒火，将身子勉强坐正，大声抗议说："官爷，你莫欺负人，你们革命军就是这么欺负百姓的吗？小心我投诉你们的长官！"

军官立即跳着松开了手大怒道："投诉！别废话！快说，那个小妞给你什么东西了，有没有名单，你藏哪里了？再不说，我可就……"

这时，萍注意到门口的士兵早已不见踪影。心下不由暗自一凉，暗自苦道：难道今天真的清白不保？

就在此时，刑讯室门口传来噔噔噔的响亮皮靴的声音，军官登时顾不得再说，冲到门口毕恭毕敬地站直。少顷，一位衣着严谨的高级军官打扮的人，出现在门口。他用手套拍去了肩膀上的灰尘，又仿佛习惯性地清了清嗓子，绷着脸看都没看那个军官，径直走到萍的面前。只说了一句话，便立即使得萍脱离了无边的焦虑。"你是刘汝熙的家人吗？"

此时的萍终于第一次觉得自己不那么孤单无助，当她坐在温暖的小屋里，听着院子里刘汝熙和他的老同学闲聊家常时，感到十分的踏实和惬意，她将双腿盘起坐进了被窝，脑子里竟然出现了许久都未曾记起的丈夫那俊俏羸弱的脸，交替着是儿子红扑扑的小脸蛋，不由得悲从中来，捂在被子里泪如雨下。

"冠年兄，多亏你来了。"过了许久，萍才恢复了正常的神色坐在院子里和刘汝熙聊天。

"说来话长。"刘汝熙迎接着萍充满感激的目光说："我知道你苦，但是想想孩子。跟我回去好吗？"萍慌了，她虽然那么想念儿子，却还没有做好面对丈夫的准备。

"我前天就到这了，你倒也不难找。那个客栈边上人人知道有个新来的女人在替教会忙活。"

他轻快地说："我才住下今早在你上课的那教室外面就遇到了你跟我提到的那个神父，他说今天要赶一趟车去苏州，叫我自己来找你，我怕你没准备好，所以中午才带了点糖粥来看你。哪晓得正好看见他们抓你走，真是叫我吃了一惊!”

刘汝熙试探着萍：“你看，世庭已经回来了，那个女人也被我们赶走了，以后好好过日子就是了，外面这么乱，一个女人家不安全啊!”

萍想到在牢房里险些遭受的奇耻大辱，顿时羞红了脸。

沉默了一会儿，她按捺不住自己好奇地问：“冠年兄，现在到底是谁做皇帝啊？那些军兵是革命党吗?”

刘汝熙赶忙看了看关严的窗户，摇摇头说：“我的大少奶奶，你还管这些干吗？孙中山现在是临时政府的头儿，抓你的是国民革命军……不过因为很多是军阀的旧部，所以良莠不齐……至于为什么要抓你，找什么东西我也不清楚。以后谁坐这天下吗?”他叹口气道：“说不准。”

萍点了点头，突然坐直了身子严肃地道：“我说个事情，你要保密。”

“什么事情?”

“今天我同学让我转交马修神父的资料和钱，就是他们要找的，我虽然不知道他们为什么要找这些名单和钱，但我答应了别人便无论如何不能交给他们，你能不能替我想办法拿出去给神父，弄完这个我们就回家，我受了别人的嘱托，是一定要做完的。”

刘汝熙惊讶地抬了抬眉毛，不无钦佩地说：“好，我去，没问题。但是……”

他有点担心地问：“你也加入了那个革命党吗?”

萍咬了咬嘴唇，连连摇头说：“不，不，我对这个不感兴趣，我只是想到你同我说过的话而已。”

她边说边想起了罗震，不仅刘汝熙的话对她起了作用，罗震也曾经这样评价过那些革命党“所谓皮之不存，毛将焉附。老百姓光图自己过得好没有用，要整个国家都好才是真的好。有的人不愿意受人欺负，他们站出来斗争，而且愿意为了全中国人的幸福而斗争，不是为自己而斗争，所以我很敬重他们。如果有机会帮助他们，就算是死我也会去做。”他还曾在走的那天夜里说：“我们此生不会再见了。自此后，你要遇到难事，决断不了的事情，就问问自己相信谁，你的心相信谁，你就向着谁，这样做绝不能错。”

想到他，在分娩时曾经出现的情景又一次像一块大石头沉重地落在她的心里去，令她再一次沉默了。

刘汝熙看着她不复丰润的脸颊和瘦削的肩头，想到她先人后已，竟然不顾自身安危，不由默然。

夜幕再一次沉重地覆盖了所有的青屋黛檐，刘汝熙听着隔壁房间传来萍那均匀的呼吸声，辗转反侧。

他曾经是整个县城最年轻的举人，却面临政剧动荡、无官可做、碑刻为最后一个举人的尴尬，沦为各村的笑柄和家族的倒霉蛋。这也是他宁可远离本村，到刘村入赘的原因。有相当长一段时间他和刘世庭一样沉溺于声色犬马自暴自弃，对于村里的大小事务不闻不问。

扪心自问，他 3 岁起能诵全唐诗，6 岁起随须鹤道长习剑，丹青器乐都手到擒来，文治武功，到弱冠之年已然成为家族的中流砥柱之一。何以最后，却成了废物，成天顶着个举人的帽子遭人诟病？

皆因如此，他痛恨这个国家，痛恨一切人和事，痛恨自己的生不逢时，这许多年来，他虚度华年，唯一能让他觉得有血有肉的就只有雯而已。

但是萍来了。

这女子虽不因他而来，却更像是为了唤醒他而来。

她的一切，远远地叫人崇敬着、欣赏着、顺应着。她的到来，就像是老天爷又为他开了一扇窗，让他重新考虑自己的价值所在。

第八章　庚宝的死

萍带着满满的一车金陵酱鸭、蟹壳黄烧饼、如意回卤干以及马修神父赠送的两车绸子回刘村的当天，刘村正处于鸡犬不宁之中。

迎接他们的一反常态的只有几个老爷们，一个女眷都没有。这场面很是奇特和诡异。

因此，萍忍不住问道：“怎么了？发生什么事了？”

连刘汝熙都觉得不妥：“对啊，发生了什么事情？三叔公呢？世庭呢？小雯呢？”

不知是谁从众多回避着问题的亲戚中跳了出来道：“大家都在婶子屋里呢！”

萍没有反应过来，刘汝熙却从大家惊慌失措的表情里看到了什么，他一个箭步冲上去抓住当头的那个问：“到底什么事？”

“哎哟，疼！”还只有十多岁的小孩哇哇大叫起来：“就是庚宝，庚宝掉河里了！”

“扑通”一声，跟在后面小跑的萍一头栽倒了下去。

跟任何时候一样，父母亲不明原因的暴毙、世庭和衣衫不整的戏子在床上鬼混……所有的这些都只是让萍觉得虚空，却不能让她落下一滴眼泪。

或是因为难产儿的缘故，庚宝本就不是个身体强壮的孩子，何况只有1岁未满，他抽搐着在萍怀里咽下最后一口气的时候，萍再度昏厥过去。

“孩子，你倒是哭啊，哭出来啊！天那，我苦命的孙儿啊！这可怎么办哦！”她婆婆号啕着猛烈摇晃着她，让她觉得自己像木人般很可笑。

她的丈夫，跪在她的床前，瘫成一个泥团。她的大姑，也是自己最亲密的女友，此刻和自己刚才一样在另一张床上不省人事。雯的丈夫，也是自己最值得信赖的知己朋友，正发疯一般抱着他的妻子，掐着她的人中，想要她苏醒。

她突然仰天长笑起来。

如果这世界上有什么事情让她真正觉得不可思议，那就是她自己的离家出走！

她从未比任何时候更加憎恨自己、厌恶自己。她是一个怎样的母亲啊？她罔顾着孩子的安危，一个人跑到外面的世界去找自由、找安宁、找幸福了，那么她的孩子呢？孩子的幸福和安危呢？多么可怜又可恨的自己！她逃一般地冲出房间，近似疯癫地一路狂奔着，终于跪倒在贞节牌坊前。

惩罚我吧！给我一个悲惨的死！我无法再活在人世间面对自己。她在心里对主说，我不贞不洁，不慈不孝！求你成全我，帮我脱离苦海！我是一个罪人，所有人因我而痛苦，就让我以死赎罪吧！

夕阳的余晖绕过石牌坊，在她身前划出一道奇特的光圈，她突然有一种错觉，是主在召唤她向不朽而去，顾不得其他，她站起身来，一头撞向

牌坊边威武伫立的石狮子。

痛苦的活着或者有尊严的死，都被证明是一样的艰难。

萍无意识地在床上躺了十多天，再次昏昏沉沉醒来的时候，床前空无一人。久违的安宁出乎意料地让她感到害怕。但是还有什么会让她害怕呢？

她情不自禁地叫了几声，须臾，有一双手给她递上了热乎乎的毛巾。这正是她迫切需要的，她感激地看了他一眼。

而这却是她最不想看到也最难躲避的人，她的丈夫。

他静静地坐在她的床沿。红肿着双眼看着她，就像是打碎了碗的孩子等待母亲的发落一样可怜的神气让她不由得想苦笑。

他却突然哭了起来，“扑通”一声跪到她的脚下，抱着她的双腿，涕泪横流，含混不清地说：“是我的错，我的错，原谅我好吗，求你了，就看在岳父、岳母大人的面子上，原谅我！我们可以再有孩子的……”

“滚出去。”萍勉强着自己虚弱的身体笔直地坐了起来，说出了三个字。“姐夫说你原谅我了，他说你马上回来，我才想去抱孩子来接你，结果雯姐姐不肯给我，我们在桥上面争抢的时候，孩子不知怎么就掉下去了！”他强词夺理地说。

萍难以置信地看着眼前的人，不知还能再说什么。

“现在雯姐姐也死了，大家都会埋怨我，你不要再不理我，我是爱你的呀！”他全然不顾形象地哭闹起来，俊俏的脸因此显得十分扭曲。“那个唱戏的就是个婊子，你知道的，我只是想气气你而已。”

萍极想拿脚去踩他，却因他说的话而僵直了，竟自动不了身子。雯也死了？怎么会？为什么？难道是为了庚宝？那么汝熙呢？

她用尽最后一点力气踢了世庭一脚，扯着嗓子叫道：“你冷静一点！

冠年呢？你姐夫呢？”

刘世庭混乱无比又结结巴巴地说：“在，不在，不知道，在哪里……”

曾经那么美丽娇柔又无比善良的雯就这样静悄悄离开了。她为了刘汝熙努力活了很多年，却终于抵挡不住视如己出的庚宝的死，接连呕了3天的血，跟着去了。

萍直愣愣地站在刘汝熙的对面，看着他一如既往充满爱意地替雯梳妆、画眉、染唇，看着他将磨碎的玉箫撒在雯的手心里，看着他仔细地为她的衣服抹平皱褶。每一个动作都让萍的心一滴一滴地在滴血，她不敢想象汝熙是如何做到的。

正像汝熙不知道她如何能自己一个人弄干净庚宝的小身体一样。一阵强烈的内疚再次翻滚着涌上萍的心头。

如果不是我，这一切都不会发生，她膝盖颤抖着扶住了雯的棺木，而雯红润的脸颊让她显得比任何时候都更平静而幸福。

萍不禁地起了一个荒诞的念头。

“冠年，雯走的幸福啊，让她和庚宝在那里做母子吧，她一直想要一个儿子不是吗?”

刘汝熙闻言颤抖了一阵，而后终于机械化地在萍的身边跪了下来。现在，灵堂里，躺着两具尸体，守护着她们的是最爱她们也最辜负她们的两个人。

刘汝熙不愿意去回想发生过什么，他脑子里混乱得很，他不能肯定自己离开雯去金陵是不是这一切灾难的起因，却又很清楚地知道如果自己没有救下萍自己必然会痛苦自责。

然而现在的结果对于自己和萍来说，都没有了意义。唯一不同的是，他曾经以为失去了雯自己也会失去一切信仰，但现在为止他还是好好地活着。这让他不由可怕地认识到自己是多么的自私和虚伪。

此时，萍的话在他耳边环绕，仿佛一只无形的手将他强抓回残酷的现实，他将信将疑地起身看看一大一小的两口棺木，果然，庚宝和雯的脸上都显现着笑意。

他不由信服地对萍点了点头。萍给庚宝的小手腕上轻轻地扎上了一条红绳子，又将另一根递给了刘汝熙，他知道这是信物，是她们母子走过奈何桥后还能彼此相识的物件。而他希望她们喝孟婆汤的时候，永远不再回头。

主啊，蒙您的福，让她们在天堂相聚，做一对真正的母子吧！萍在心里画了一个大大的十字。

第九章　四川表弟

刘村已经很久没有过年的景象了，过去的几年刘村的族人送走了很多人，其中包括族长三叔公。因此，刘村今年的大典不知应由谁来主持。村里能算的有地位的男子不多。刘汝熙虽然出众，却严格来说并不是村里的人。他的妻子，也就是雯已经过身，他出于什么原因继续留在村里不得而知，但是既然他已经再娶了，就更不能强求来行刘村的礼。而刘世庭，自出事之后，每天都窝在屋里哼小曲，每逢戏班来，都要溜出去个把时辰，但凡别的事情都没有兴致。唯一健在的长辈三叔公被儿子接去了南京。

今年的戏班，倒也别致得很，来唱的不是一般的《玉堂春》，竟然打扮成军官样，唱自编的《皇帝老儿拉下马》。这一出，让大家看了个眼红脖子粗，一边还要摸着口袋里的银元暗暗叫苦。常来唱昆曲的新正福班和最近新起来的祝共和班倒是越发的不规整，唱的戏文经常是叫人琢磨不透。刘世庭成日在戏班里厮混，学着装扮成女子的样貌，久而久之，家里竟又见不到身影。

萍似乎早已放弃了对他的管束，每日只拿着账本在乡间田头、作坊、

茶园等处走动。刘汝熙前阵子从金陵回来，带了些书广斋的坏消息，那里管事的老周患了重疾，急需刘村的人去接手生意。而刘世庭则说自己不想沾手，为此萍正急得一筹莫展。

不曾想此事才过了几日，刘世庭突然态度转变，带着一个眉清目秀的男孩来到萍的屋内。

“快叫大奶奶。”他指引着男孩，那男孩看来也就十六七岁的模样，身材高挑，相貌俊俏，乍一看，还以为是个女孩儿。一双熟谙世故的眼睛反衬着和年龄不符的成熟。

萍放下了手中正在纳的鞋底问道：“免了。世庭，这是为何?”“金陵不是没有人去吗，这是我娘家的四川表弟，我想刚来我们这里，也不熟悉，不如直接去金陵照看着书广斋罢了，你看如何?”

“这……”萍从未听婆婆提起过四川娘家，也不方便发表意见，但她看这小孩，虽一脸伶俐的样子，却有些莫名的狡黠，心下便大不欢喜，于是说：“嗯，错是不错。只是不知道他会些什么，毕竟那么大的生意。他还太小，我看不是最合适。”

“没关系，我先带他去看管，明日便可起身，我每个月回来一次告诉你，你看如何?”

萍益发的不满，看来世庭早就有了计划，只是通告她而已，但婆婆尚在，自己又不便多说些什么，只得由了他去。“随你吧。”她叹了口气，不放心地看看那少年。

当天夜里，刘世庭一反常态地没有在萍房间磨蹭，早早就同那个男孩出发了。

萍坐在房里对着刚打的洗脸水待了许久，突然转身奔向婆婆的屋子。自从汝熙再娶，她们就不经常见面了，怕的是世庭的阴阳怪气和新妇有所误解。因此最近，她常常觉得心神俱累，却无人倾诉。今个白天世庭的决定实在太过仓促，叫人眼皮乱跳，她决心去向婆婆问个清楚。

婆婆门上的小锁没叉，想必是还未入睡，萍定了定神，举手轻轻拍打了几下房门。

“娘，您还没睡吧？”萍垂手站在婆婆窗前道。

“睡下了。”没料想婆婆哑声回答。

萍有点狐疑地拨开一点窗户向里看去，却只见婆婆呆坐在床沿上，并未入睡。

萍按捺不住，索性推门便进，把婆婆着实吓了一跳。

“怎么？”她没有看萍的眼睛。

“我有事情问您。”萍低声说，不等婆婆拒绝，她飞快地说：“那个男孩是您家的亲戚吗？”

“嗯。”婆婆含含糊糊地答到。

“您是不是有事情瞒着我？”萍敏感地扶住婆婆的手臂。

这个动作让婆婆突然流下了一行老泪。

“丫头……”婆婆哽咽了，面对媳妇，她一时间不知从何说起。最后，她擦了擦已经昏花的双眼，对萍说：“那孩子不是我娘家的，你要小心。”

说完这句话，她再次闭上眼睛，紧紧地攥住手里的一串紫檀念珠，叨叨了一句“阿弥陀佛”。

第二天清晨，天刚蒙蒙亮，萍就在村口焦急地张望了。一个高大的身影从斜坡后匆匆忙忙地向着她走来，像是太阳努力地要把一片巨大的乌云从中间扯开一样，他的背后释放出万丈金光。

村口的贞节牌坊不知被谁砸掉了一只檐角，现在呈现出一种不对称的倾斜的姿态，仿佛即将砸倒在面前的这两个人身上。

萍之所以托人叫上刘汝熙有三个原因：第一，他是最可靠的人。第二，他已经不再是刘家的直系亲属，不会影响刘家的声誉。第三，他在金陵有朋友可以帮上忙。其实，就算什么理由都不需要，她第一个想到能帮忙的也只是他。

刘汝熙已有大半年没有见过萍了，不是怕新娶的媳妇吃醋，而是为着萍的声誉着想。新媳妇因长得有几分像雯被家里的长辈硬送来成亲，倒也乖巧得很，故而相安无事。庚宝死后，萍的肚子一直没有动静，老太太和族里的长辈颇有怨言。而自己呢，雯死以后，老族长也去了，刘家的人因而没有以前对自己那么亲热，总有些外人的感觉，再勤来往恐有闲言碎语。萍虽然不怕流言蜚语，他却怕她再受到伤害。

今日再见萍，意外地觉得她竟然有些恢复第一次来刘村时的样子：绿色的七分袖旗袍衫、黑色的麻布长裤、一身的精干利索。身材也有几分当年的圆润，只是发式高高的盘着，少了几分娇羞，多了些果敢。

这几年，她几乎总是一个人在家，每个日夜都是如何度过的呢？他看着她不自觉地心里为之长叹了一声。

金陵虽然没有传闻中的大上海那般繁华，却也是个灯红酒绿的所在。萍极迫切地想见马修神父，却被告知他回国去了，这令萍十分沮丧，整整一天，她都没有说话，也没有提几时去书广斋。

来到金陵的第二天，萍的情绪稍稍好转。他们两人决定一早出发，没想到到了扬子饭店门口就再也走不动了，一拨接一拨的手拿大横幅和大字报的学生模样的人群汹涌而来，堵住了他们前进的道路，群情激烈，声势浩大，定睛看去，标语皆是讨袁檄文，人群中隐约可见住在绣花巷对面的金陵女子大学的学生们。萍和刘汝熙被左拥右攘，几乎无法站立。远处有一群人在斗殴，很快的警笛声四起。萍警觉地拉了拉汝熙的袖子，向前一指道："就在前面，会不会也出事了？"

书广斋的铺面板已经被外力狂暴的掀开，四处都是碎片。刘汝熙吃惊地发现里面的书全都散落在地上，仿佛已经很久根本无人打理。他随意捡起其中一本封面写着"论四万万同胞之理想"的书，内页却竟然是不堪入目的色情图画。他急忙将书向后一扔，并冲到门口拦住萍，说道："他们不在这里，估计有几天没有营业了，可能是这局势的原因罢。"

萍探出头去看他身后的一片狼藉，情绪激动地说："那他到底是在干什么呢？这是书店，又干当局什么事？难道卖书也犯法了？"

卖书自然不犯法，可是画着这些图画且满是日文书的译本自然是不招人待见的！刘汝熙哪能照直回答。

此时的他心里已经渐渐明白事情的真相，现在他却希望萍没有那么聪明。可惜，事情的发展却总是不遂人愿，就在他们刚踏进客栈的门时，却碰巧遇见了世庭挽着个打扮得十分妖艳的女子迎面而来。

萍第一眼看到他们觉得十分怪异，几分钟之后，她终于看明白他身边的女子竟然就是那个四川表弟！

这下，她彻底蒙了。

而刘汝熙终于亲眼见证了所谓的断袖之癖。

空气里充满着浓郁的火药味。

"你都在干什么！"萍抑制不住地当街呕吐起来。

刘世庭浑然已不是当初的世庭了，他玩世不恭地说："怎么了？我就喜欢他，不行吗？"

"你怎么能？你好恶心！"萍再也忍耐不住，泪水奔流而出，即刻打湿了一大片衣襟。她失语之前嗫嚅着吐出最后几个字"我……怀……孕……了……"

刘世庭一下子愣住了。一阵撕心裂肺的哀号过后，刘汝熙将世庭打翻在地，“你这个浑蛋，你不配姓刘，你不配拥有她。国将亡，家要败，你却在这里自甘堕落，你这个畜生!”

萍的四肢被一种麻木感侵占，这种感觉逐渐进入了她的大脑，再一次，她觉得自己被巨大的命运之神玩弄于股掌之中。

那天夜里，伴随着闪电雷鸣，一场倾盆大雨如约而至，仿佛是主应了萍的祈祷，想要帮助她将内心的屈辱洗刷个干净。

她依靠在窗前，思前想后，最终艰难地决定保住这个孩子。只见刘汝熙浑身湿透的从雨幕中冲了进来，气喘吁吁地说：“世庭被人骗了，他们拿走了仓库里所有的金石玉器，账面上只有几个铜板。他不是一个人，他们好几个人一起计划的，现在我找了人答应出面去追，但要过了江苏地界，就不是他们的辖区，很难追回了!”他一口气说完后紧张地看着萍等待她的反应。

萍面对着窗口，淡淡地说：“我想见世庭。”

这令刘汝熙大为不解，但是他没有反驳她，而立即转身就出去找刘世庭了。

一夜过去了，刘汝熙没有回到客栈。

这让萍极度的不安。

她并非不担心刘世庭，然而比起他，刘汝熙更是她挂心的对象。

她梳理着各种可能，最后却总是被单一的恐惧所代替。在这样的煎熬中，她忽然意识到，对她而言，刘汝熙已不再仅仅是朋友、知己，而早已在无意识间慢慢变成了自己的兄长和守护神。

第十章　公使夫人

转眼又是小半年过去了，在金陵过的新年，让萍回忆起了很多美好的日子。

刘世庭在那个雨夜里因内疚而自尽，但自此后她的生活却史无前例地变得平和且充满希望。

世庭去世后，她自然而然地成了刘村当家的。她将乡下的产业交给刘汝熙打理，自己长住金陵将书广斋重新开业，重命名为国善书屋。聘了一名年届不惑的老账房来做管事，自己则往来于书商、纺织商会、报社、教育局之间跑业务并向正在建设中的金陵女子大学新校区向教务发散书单。

因女人跑业务的着实奇特，她又能言善辩，懂得察言观色，四处散发传单。时间不长，便已在金陵小有名气。她整日忙着这些事情，丝毫没意识到自己的身体发生了变化，直至和马修神父在云风茶馆见面的时候，神父惊叹着说："Oh，my dear Jane（噢，亲爱的简），你怀孕了！"萍的手抖了一下，差点将茶壶打翻。

她看看自己逐渐圆润的身子，仿佛才意识到自己早就在世庭未亡时已

身怀六甲。

羞涩难当中她惭愧地对神父说：“是的，神父，我忘记告诉您，已经……”她掐指一算“六个多月了吧。”

神父遗憾地拱了下肩膀说：“简，本来今天还打算请你替我去火车站接一位从法国来的夫人。法国公馆在高云岭，但大使这几周都在重庆，所以她想暂时住在教会，你能不能帮我照顾一下她。”

“没问题，我可以去的。”萍认真地说。

马修神父并不意外，但却不无担心地看着她说：“孩子，别太坚持，别太辛苦。”

萍微笑着说：“神父，我会注意的。”

神父赞赏地点了点头，说：“那好吧，我叫玛丽修女陪你去。”

下关火车站按照一等站屋统一规格设计，候车间只有2间，等人也着实方便得很。萍远远地望着熙熙攘攘的人群，突然觉得仿佛正置身于一片熟悉的丛林中……迎面而来的是一位提着精致皮箱，头顶乳白色太阳帽、打扮时髦的西洋妇女。

她正捂着自己高低起伏的胸部左右张望着。

“打扰一下，朱莉女士？”

萍用稍显生硬的法语礼貌地招呼。金发碧眼的夫人吃惊地看着萍。这是一个中等身高，体形丰满，五官清秀的中国孕妇，她那沉静的气质里有一股自信在感染着她，使她不由得伸出手去。

“是的，是我，你……”她好奇地上下打量着萍，这多少使萍不那么自在。礼貌过后，她要求夫人和她的随从跟自己一行前往教堂。

朱莉夫人的英语不怎么流利，而萍的法语有限。因此没过多久，两人的交流就陷入了僵局。萍有点尴尬地想，和英语相比自己的法语实在太差，不知是否会导致接待工作出现问题。一直到晚上，马修神父都没有出现，萍忐忑不安。

她把夫人安排到神父指定的套间休息后，便独自回到了屋内，沉沉地睡去。

第二天的清晨，一只小画眉在窗口叽叽喳喳地吵醒了萍，她翻了个身，还未起，只听得门被人敲打着砰砰作响。

朱莉夫人满脸愠色地站在门口，有些傲慢地说：“早上好，你有没有看到我的戒指?”

萍诧异地抬头看着门前的树林道：“没有，今天应该不会下雨。”

显然，朱莉夫人为萍误解了自己的意思而非常不满，她戒备地向后退了一步，看了看萍，抬起一只手，用威胁的口吻说：“看，我的戒指丢了，对此你有什么看法吗?”

萍微微怔了怔，她看着朱莉夫人空空如也的手指，谨慎地说：“对不起，女士，我不知道，但是我们可以试着找一下。”

对方讪笑了两声，说道：“真的吗?”

那语气里的轻蔑令萍不用多想便理解了对方的意思。她缓缓吸了口冷气，不疾不徐地说：“我说我们可以找到它，并且我将把这件事告诉神父马修。”

朱莉夫人似乎不想多做纠缠，嘴里说着什么，自顾自地转身离开了。这是萍有生以来第二次被陌生人羞辱。她一边小声呵斥着门口围观的学堂的孩子们，一边整理着东西，心里琢磨着事情的来龙去脉。

午后，当萍在书广斋内埋头布置的间隙，她脑子里突然灵光一闪，便急匆匆地放下手上的杂务，赶回朱莉夫人入住的教室门口。小教室平时能容纳五个学生，这两天被临时改成了休息套间，摆放着一张白色桦木的单

人床和配套的欧式圆桌、扶手椅，窗上还有一瓶盛开的白色玫瑰花。

此时的屋内显然没有人。

她在门口小站了一会，对着一扇直通大教室的半人高的窗口低声说了一句："黄子明，出来吧。"

一个瘦弱的身影从窗口的阴影里慢慢显了出来。约莫七八岁上下的一个男孩手搅着衣服的下摆不安地站在萍的面前，让萍不由自主地心生怜爱。

"你爷爷是义和团的，所以你不喜欢洋人，对不对？"萍蹲下来看着孩子的眼睛说。

"我没拿她的东西。"黄子明迫切地辩解道。果然如此，萍理解地笑了笑，伸出一只手，平摊在他面前说："怨恨并不能解决任何问题。把戒指还给她如何？"

黄子明不禁皱了皱鼻子大哭了起来："他们杀了我爷爷！"萍心疼地一把将他抱进怀里抚慰道："好孩子，不哭，不哭。"心里却也止不住地辛酸起来。

黄昏的教室是那么静谧，连玫瑰花瓣飘落在案头的声音都能入耳。朱莉夫人面对着一个不知为什么似乎对她充满仇恨的男孩，手足无措。她接过萍递给她的祖母绿的戒指，感激又非常歉意地说："多谢，简，这是我的祖母留下的，所以……"

萍那略褐色的瞳里微微地泛着泪光，但她只是点了点头说："好吧。"

当晚，朱莉夫人和萍都几乎一夜不眠。

两周以后，萍在大使馆门前和朱莉夫人告别，朱莉夫人异常热情地亲吻她的脸颊，并把她紧紧拥抱，后又怕伤到孩子小心翼翼地抚摸了一小下她的腹部。

快走的瞬间，朱莉夫人紧紧抓住萍的手，大声说："希望你能来看我们。"见萍微微的点头，她极认真地加重了语气道："你一定要来啊。"

萍默默感动着，目送她进入大使馆的瞬间，她的心里突然生出一个念头，这个念头如此强烈又如此新鲜，仿佛荒原里生出一枝荔枝，使她不由自主地大笑起来。

第十一章　一封遗书

太阳暖烘烘地挂在田埂上，赤红色的光圈顺着茶园一路向东沉降在牌坊后的整排槐树上，照的那整片厚实的枝叶耀眼夺目，分外好看。打小村里养着的小黄狗已经俨然成了大黄狗，正带着两双儿女在小溪边喝水打盹儿。

这样的刘村许久未见，仿佛在经历了诸多磨难后，这座古老的村庄终于得到神的眷顾，逐渐恢复了往日平和热闹的景象。

有两人行色匆匆而来，至村口便放下行李大口喘息，靠着牌坊预备小憩片刻，没想到大黄狗瞬间从旁窜出，龇着牙极凶悍地对着他们狂吠起来。

两人中一个约莫七八岁的孩子先是大惊，后在地上左右看了便拾起一根粗壮的树枝作出自卫的姿势和黄狗对峙着。

随行的男子刚要上前撵走黄狗，只听身后有人朗声道："别打!"

刘汝熙在书房中待了整整一天，直到女儿推门进来时，他才意识到已到了要准备晚餐的时间。

自从新娶了妻子，他便断了写写画画，人道是伤情动志，在他看来其实是自己的生活真正走上了正轨。他如今满脑想的都是茶园。自刘世庭离世起，粗粗算来，已有五年。他和萍一起将曾给雯治疗的老磨坊改建成了盐水鸭手工作坊。从金陵带回来的盐水鸭经过她的改良秘制，加入了多味中药，现在已成了远近五六个村的美食。靠着村里清冽的溪水和丰沃的鱼苗，这个生意目下稳当得很，成为刘村一项重要的新收入来源，而刘村那些因男人们外出打仗失去了依靠和希望的女人们终于有了事干，有了稳定的月钱，终于不再整日以泪洗面，脸上焕发出多年不见的神采和欢乐来。

至于茶园，他努力地研习萍从娘家偷带出来的工艺手册，已成功的烘焙制作出优质的雨前龙井。虽不能比较杭州龙井，但单就口感来说，已是方圆百里最好的茶。他已给金陵和上海的朋友寄出些作品尝，希望能获得他们的青睐，扩大茶园的销量。

女儿珍珠儿见父亲还在忙碌，并没有抱他的意思，不由嘟起嘴来，不由分说跳到父亲的腿上，双手缠住了他的头颈撒起娇来："阿爸！阿爸！我饿了！"

刘汝熙哭笑不得地被她强抱着，只得停下了手中的活，宠溺地亲了她粉扑扑的小脸一下，问道："珍珠儿，你娘呢？她怎么不给你做吃的？"

"娘她们去看大娘娘了。"

刘汝熙闻言顿时解开女儿的小手枷锁，将她放到地上问道："如何去找大娘娘？"

"大娘娘今朝切到手了，血血流。"

刘汝熙再是一惊。登时跳将起来，怕吓到孩子亦觉得问不清楚，他一把抱起女儿疾步向大屋方向赶去。行至半路，方想往右转去，突见村口牌坊处两个黑点，几只小犬怒叫不停。他随即停下脚步，转而带着女儿往前

急走两步抢到牌坊口。

小男孩见陌生人略略向后一缩，手上的棒子竟也松了，却不曾哭。圆睁着一双黑亮的大眼睛观察着来人。刘汝熙见男孩颇警觉却又不失果敢，没来由的心里就有了好感，于是松下口气故意将女儿放下拉在他面前问道："娃娃，你打哪里来?"

男孩继续沉默着，但一双手抓木棍的手更松了，眼睛开始瞟向珍珠儿。珍珠儿长得极像刘汝熙，一双细细的丹凤眼，眼角眉梢都透着机灵，小鼻子翘翘的，头上新扎的一双小辫在肩膀上搭着，配着细细的蓝绳子，看着清丽可人。

刘汝熙见孩子们渐成友好，便放下一颗心，转向随行的人："请问二位从何而来？欲见哪位?"随行之人摆一摆手，指指自己的嘴，从怀里摸出一封信来，不想竟是个哑巴。

刘汝熙满腹疑问，接过信来，定神一看。信封上无注人名、地址、内容，但只三个字：天南星。

他一时无论如何不解，却又无法和这位看似二十岁左右的年轻哑巴沟通，左右环顾了一下，见大屋方向炊烟已起，突然想起此前出门的缘故，不由再次焦急起来，慌忙一摆手抢过哑巴的行李，示意随他走。哑巴立即点点头，刚想回头招呼孩子，却见男孩和珍珠儿早已携手抢先往大屋方向去了。

刘汝熙见此景，一丝笑意从喉头发出，也不管哑巴听不听得到，大声道："走!"

这一整天萍一直心慌不安。她先是在祠堂陪婆婆给刘世庭上了香，又循惯例给祖宗们磕了头，上完糕饼后，婆婆说晚上想吃点特别的点心，她便突发奇想想趁着时令好做些久违的糖藕。下午哺时前后，她终于准备好了晚上的小菜：糖醋鱼、金针菇烤麸、手拍黄瓜、葱烤芋艿、冰糖莲心。剩下唯一要做的就是将已蒸的喷香的莲藕切片装盆。

自从父母暴毙以来，这么多年，她从未忘记报仇一念。然而世事纷杂，接踵而至，令她无暇顾及。时至今日，因婆婆的一句话，她终于收拾起自己的心情，尝试着先忘记。嘱咐儿子和奶娘到厅里帮忙准备，她兴致勃勃的，于是便安慰自己道，大约一整天的心慌是因为这莲藕的缘故罢！

转至灶间，见吴妈还坐在蒸笼旁看着火，她不由笑出声来：“吴妈，早就好了，我在厅堂都闻到桂花香咯！”

“大奶奶，恁这个藕俺没有弄过啊，恁别笑俺，俺不懂所以就只好等着！”老实敦厚的吴妈老家山东，嫁到刘村至今都不怎么会做江南的菜。

萍小心翼翼地揭开盖子，吴妈从旁帮着，她手托着厚厚的抹布将大盘的莲藕从蒸笼里取出，再拿刀子准备切了。就在一念之间，她心房再度乱颤起来，心窝里似插了竹签，直把她疼得叫出声来，在这叫声的同时，手起刀落，血飞溅而出，她整个人瞬间倒地。

几个时辰后，待萍慢悠悠醒转，她的床前已挤满了人。在这些人里，持着她手的，却不是自己熟悉的人，而是一个面目陌生的年轻外乡客。她看了看自己已经被包扎得妥帖无比的手，处理得极其干净，一丝血迹都没有。这似曾相识的顺着逆时针包扎的纹理，叫她花容失色，瞬即直身而起，尖声质问他道：“你是谁？你是谁？你怎么会这般包伤口？”

刘汝熙已守候了多时，待女儿被妻子抱走，萍的伤口被处理好，方才和青年哑巴努力交流起来。此时见萍激动，他马上走到她床边，并示意人们散去。

村民们走后，萍一把拉住刘汝熙的手，万分急切地问道：“他是谁？

怎么回事?”还不等刘汝熙说话，她突然望见了在门口探进头来的一个男孩。

目瞪口呆。

那男孩七八岁年纪，长得黝黑敦实，脑袋圆滚滚的，眼睛却往里凹陷去，那戒备又好奇的神情看起来像极了一个人。

天南星

她看着信封上在梦中出现多年的字迹泪如雨下。

你终于回来找我了吗?

“大小姐，见信如晤。

一年相思十年雨

伶仃天涯两地孤

他朝执书儿与会

飞鹏万里送燕雏”

多年前的那个难产夜里留下的阴影，多年前的无端揣测终成可怕的现实。此时的萍却出人意料的平静。萍轻轻挥手示意门口的孩子到她床前，那孩子竟也懂事乖巧得紧，便顺从地大步走到他床头，她于是露出更加欢喜的表情，越发坚定地拥抱他，用尽她一生的温柔之意轻声对他说道：“你可愿意做我的孩子?”

孩子抬头不甚明白的望望自己的陪护，见他频频点头鼓励着自己，又见眼前人气质高雅，话语温柔亲切，面相甚是可亲，仿佛早已经认识多年，便大力地点点头，任由萍将他拥入怀中死死抱住。

良久，他试探性地问道：“我叫虎子，我能叫你娘吗?”

此话一出，萍终于哭了。

她一边仍然极其用力地抱着孩子，一边在他耳边说道："从此后，你姓刘。娘在，没有人能欺负你。"

刘汝熙见状顿时明白了所有，他拿过那封信仔细端详，这区区十几个字，已然让他心潮澎湃，哽咽难忍。原来这个孩子的生父便是萍付托初心的汉子，俩人相知至此，他以萍为最爱最信之人，竟将自己的孩子托孤。知萍者，莫若伊！

好一个两地孤，这些年他果然和萍一样守着自己的人生却受着万千煎熬。见孩子与萍互认了干亲，彼此在这孤苦的世间突然多了亲人和依靠，刘汝熙不禁悲欣交集。或是想起了自己和雯，或是想起来雯和庚宝，或是感念于萍的悲苦，或是同情异乡人过于年轻的早逝。他终于亦扛不住，陪在床前，和其他三人一起流下了滚烫的泪。

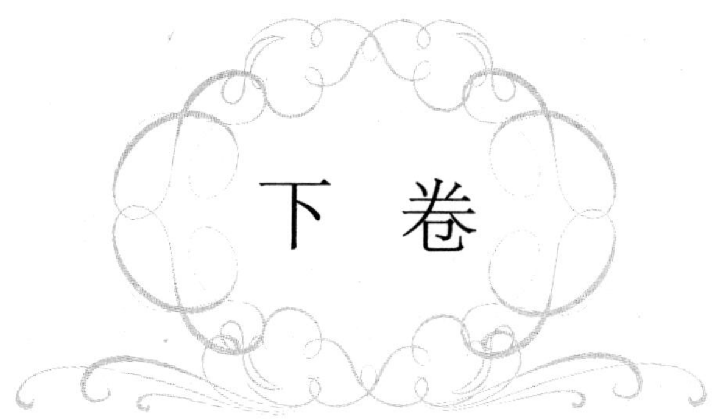

下 卷

第十二章　上海，上海

霞飞路长几千米的大道两侧密植了法国梧桐，秋风里显得别样的灿烂，这条路上铺满了落叶，黄绿色斑驳着扑朔迷离，晃着行人的眼。

萍默默地提着手编的篮子，有点执着地挑着地上金黄色的叶子一一踩着，慢慢向格洛克路走去。不知是上月哪个新开店铺剪彩留下的红丝带有一小截或是被调皮的孩子裁断了，扎成了蝴蝶结挂在路尽头的树梢上，招惹了只黑色的小野猫用爪子逗弄玩耍着不亦乐乎。

她停下脚来，微笑着看猫儿，不由得想念起刘村的大黄狗。

自从虎子来到刘村，她便毫不避讳地对村里人宣称是自己的远房侄子，父母早亡，故收为干儿，赠名刘震南。

虎子来到刘村后，或是因为浑身自有一股与年龄不衬的威严，或是因为个子猛长说话颇有见地，或是因为相貌俊俏聪慧过人，在刘村竟如鱼得水，不但没有外乡人的尴尬和所谓寄人篱下的凄苦，反而因了萍和刘汝熙毫不掩饰的宠爱在远近村里的孩子堆里称王称霸起来。

他每日醒转便奔西厢房抓狗子一起去找珍珠儿，一耍便耍到太阳西

沉，三个小家伙不是在河道里抓鱼，就是在岸上扎泥巴，恰是三两岁左右的阶梯年龄差，比之过去，两个小一点的娃娃似有了主心骨，三个小娃娃如影随形地好成了一个人。这让她欣慰不已。

三十岁生日快到了。是夜，月亮爬上西窗之时，她正一个人兀自望着分别躺在榻上和趴在她身上的三个孩儿发呆。刘汝熙踩着轻快的脚步，轻轻掀开了她厢房上沉香珠串的门帘。

“珍珠儿醒了吗?”他低声问道。

“喏，”她朝一手紧抱虎子大腿，几乎整个人反向压在虎子身上的一坨白乎乎的所在努了努嘴，压制地浅笑着。

“……”刘汝熙见状不由也差点笑出声来。

“上海那边的一个朋友说，茶叶质量不错，他正在和商会里的一个老板谈，年底或来预定我们茶园的货。”他放下长衫，端端正正地坐到方几边，放下腿上的青色长衫给自己倒了一杯茶。

“太好了。”刘汝熙的话，萍已经等了很久，她一直在等一个适当的机会向他开口，说说他们的未来。看来，今天就是主引导她重生的日子。

“你有什么想法?”刘汝熙从她突然光彩焕发的眼眸中读出了什么，他有些忐忑的问道。

“嗯，”萍点点头，刘汝熙和她之间没有秘密，他们从来都互相真实、互相支持、互相信赖。“冠年，我一直以来都有一个自私的想法，希望你这次能支持我。”不等刘汝熙提问，她继续说道：“我想去上海很久了。一是想过一种不一样的新生活，二是为了两个孩子，想让他们去上海就学，你不是经常说上海的工学是最好的，有机会一定要去看看吗。”

刘汝熙呆住了。半晌他僵坐着未作出反应，他既没有生气懊恼也没有紧张担心，只是一杯接一杯闷头喝茶，也不管茶水已凉多时。

萍见惯了他想事情时的样子，故而极有耐心地等待着。

大约又过了一阵，他终于发声道：“你是想让孩子们去上海读书，以后参加公款留洋考试之类的，然后助他们去西洋吗?”

“没。”萍快速地答道，“我不会让孩子们出去，我要守在他们身边。”

“哦，那就好。”刘汝熙似乎放下心来。

又喝了口茶，他说：“我知道了，没什么关系。既然想了许久，那便去。这里的事情我不会叫不相关的人担，我自己管着便是了，到上海，你该做什么、想做什么便做什么，不用烦别的心。但是有一条，虎子你晚几年再带走，待我再教他些东西也罢!”

刘汝熙之所以要留下虎子，说没有私心确实不能。他日见珍珠儿极喜欢又亲昵虎子，而虎子相貌日益不凡且孺子可教，一日比一日机灵壮实，便心下欢喜得紧，直想着给两人定个娃娃亲，生怕年纪相仿的狗子日后对珍珠儿生出一样的心思来，到时便如何是好。

大概是他紧瞅着珍珠儿的眼神出卖了他，对面抱着正打鼾狗子的萍咯咯地突然高声笑了起来，惊醒了一屋子的孩子。

珍珠儿先是踢了一脚虎子的脸，挪动了一下自己，不想虎子被踢个正着又被吵醒，颇有点不爽，便将她一把推开去，于是她旋即哭闹开来。于是瞬间，屋里又是哭又是笑，又是吵又是闹，急忙闻声赶来的吴妈和奶娘抢到门口见此情景，惊得个莫名其妙。

第二天是正日子，萍丝毫没有追思往事的欲望，因昨夜和刘汝熙共同的商议她似乎已经看到一条阳光大道在眼前不断延伸，没有尽头。对新生活的无限向往让她周身像泡过红景天和人参液一样充满了力量，心情奇好。既然这是她在刘村最后一个生日，她决定要让大家彻彻底底的高兴一回。毕竟，从宣统三年开始，刘村就没有正正经经的过年过节，大家太需要一个机会振作起来了。于是一反常态的，萍大肆铺张了一回。

天色才泛青，她便早早起床，叫醒了奶娘去照顾儿子和睡在东厢房的虎子，自己和其他几个妯娌们腾出手脚忙碌开来。面对满满十桌鸡鸭鱼肉和祠堂对面荒废许久的戏台上正顾盼生姿唱着各种不知名新曲的小花旦们，刘村沸腾了。更令人激动的是，萍宣布这个流水席要吃三天三夜。萍正自顾自忙碌着，突见远处帐子外一个熟悉的人影急匆匆而来，她心下咯噔了一声，登时觉得眼睛没来由的酸了。

来的人正是多年未见的二耿叔，随行的是一个身形矮小的瘦弱青年。二耿叔已不复当年的硬朗，胡碴满是的脸上皱纹堆做一团。他踉跄着三步并做两步，到了萍的近前扑通跪倒："大小姐!"

这一声大小姐，仿佛牵动了时空倒流的引线，只让萍觉得天旋地转，不由悲从中来，"哇"的一声和二耿叔抱头痛哭。

两边的人们都吃了一惊，因悲号并不适合当日的气氛。于是劝的劝，拉的拉。不一会儿，终于两人才恢复了平静。

"大小姐，老爷的家业都给他们败光了呀!"二耿叔痛心疾首地顿地道："这，这是三少爷，老爷夫人走后没多久她娘就跟着一军官跑了，家里实在揭不开锅了，我，我就带他出来投奔你来了。"

他边说着，边示意那男子跪下，小心翼翼地措辞，试探着萍的口气。

萍闻言沉默了一会儿。

这是三姨娘的儿子？就是那年还在墙角跑来跑去的小家伙？她心下叹息，顿觉可怜得紧。不知怎么，看了看年轻男子老实巴交的脸，她心里有种很久不曾熟悉的暖流通过。这张脸上有父亲的影子，它正提醒着自己，这个世界上，自己还有亲人。没有细想更多，她大度地摆摆手，示意二耿叔无须再多言，便一把执起那男孩的手道："弟弟既然来了，就不能不住在这里，这里从今后就是你们的家罢。”

刘汝熙抱着珍珠儿和妻子坐在首席目睹了这一幕。

这是雯去世后第一次，他以家族成员的身份坐在刘村首席，一时心中颇有些感慨。这面子里有他自己年复一年的努力，更多的是萍这个当家的给了他不容置喙的关照和尊重。他暗自端详正在招呼族人的萍，发现她的样貌比年轻时竟未改变许多。除了腰肢不复细软，她的脸看似并未受岁月多少摧残，且今天看起来更分外的神采奕奕。

感叹之外，他只能想，或是命运亏欠了她太多，故而只能在样貌上给予她弥补了。念及此，他转头看身边的妻子，这个女子身上恬静快乐得几乎看不到任何伤害和不公，此刻正浅笑盈盈地抓着一只翠绿的镯子逗弄怀里的珍珠儿。

第十三章　震轩药房

一百担大米。

萍和刘汝熙围着这栋宅子转了许久，迟迟下不了决定。

前店后屋，两层砖木混搭，樱桃木地板，带悬窗小阁楼，上下东西拢共4间房1个中庭，门前自带一口井。确实是他们想要的结构，但是屋顶上那个不大不小的烟囱着实碍眼。

“这烟囱完全没有管道，为什么要长着?”刘汝熙生气地说。

“是啊，古怪得很……”萍连连点头表示同样的不满。

萍又绕着宅子转了一圈。

她抬头看看东南方，忽见几只不知名的彩色雀鸟翻飞而至，翅膀扇了几下竟未选择路口葱郁的大树，而是径直跳上这宅子的烟囱，在烟囱顶上歇息起来。

她于是诧异地拉拉刘汝熙的衣袖，示意他抬头看那烟囱。

整整一个下午，滴水未进。而刘汝熙和萍一直观察着烟囱，近乎痴迷。

至日暮时分，刘汝熙实在按捺不住，从后巷子里找了把竹梯子，蹑手蹑脚地爬上了屋顶。但见屋顶上铺着黑青色瓦片，靠近烟囱处有一处自带的遮挡，遮板下蓬松地铺就着黄白相间的蒲草，草里赫然躺着几只带着青色斑纹的鸟蛋。

于是，只过了一周，这座长相奇特的房屋就成了萍在上海的首个落脚之处。

青年哑巴原名讫莱鲁，原为苗家显赫贵族，后经历宣统年间几次匪乱，终于家道中落，只得以流浪行乞为生。

他因在街上数次受罗震救济，心中感恩便从此跟随罗震学习生活，尊其为师。

而罗震回晋城老家后不久便结婚生子，怎料生子当日妻子难产而死。他随后苦研产经，历时 2 年著下《妇命药经》，却因郁结难舒并积劳成疾，成文后不久自知时日无多遂将医书与儿子托付给他，并修书一封，命其在其子韶年时赶发江南刘村投奔干亲。

现今的他除了在刘村教授虎子医道、马术，将师父所授尽皆相传外，每半月还要赶往上海的药店里坐堂十天。

他奇特的长相加萍为他特意学的手语翻译本就叫人好奇非常，且他医术也算不错，靠着师父的书且能治人于危急，尤其是妇科病痛，可谓药到病除，故而药店口碑一日强过一日，尽管药店开在并不热闹的地方，却丝毫不影响客人的与日俱增。

然而，顺畅的经营有时也要看看老天的脸色。黄梅季，上海这座城不似乡下温和善变，每日竟自阴绵，各色大小雨打连环。萍抬头望了望阴云密布的天色，不由皱了皱眉，每天如此天气，客人不来怎好？

此时街上的人都在急匆匆地赶路，没有谁注意到在药店门口挽袖呆站

在店招下的老板娘。屋顶上再次发出吱吱呀呀的声音，萍急忙走进屋里抓了木梯子出来将梯子靠在北墙上，也不顾自己身上的真丝短褂，快速地攀爬到屋顶。只见三只鸟蛋两只已破，破壳的小雀鸟在巢里嗷嗷待哺，另一只蛋却自顾自毫无动静。萍怜惜地叹了口气，腾出手去将一窝小家伙揽在怀里下得楼来。

此时此刻的她，不仅为这几个小生命的诞生挂心，也为金陵的书店、刘村的茶园忧心。而更叫她烦心的是一个陌生人昨日的造访。

春风秋雨有时度，万千相思无处拾。

自从虎子叫了她一声娘，她才仿佛真正有了儿子，心也似乎从此有了着落。每天早晨，她醒来的第一件事，不是去奶娘房里看儿子，而是赶往东厢房看虎子。

虎子睡觉的姿势从一开始来时颇为警觉的弓式渐渐散漫开来，变成了一个颇可笑的大字形。因为他身子日长，原来特意用老床改制的床架子竟已不够，光溜溜的脚总是被迫挂在床边，整个人常常从大字强拗成茄子型。她每次见状都暗笑不得止，脑海中即刻浮现出当日罗震在手推车上打盹的情形。

昨日来人其实并非完全的陌生人。说起来，他曾在金陵救萍于水火。但当他风尘仆仆一改平民装束来到药房门前的时候，萍仍然并没有立刻认出他来。

“这位，我找你家掌柜!”男子朗声说道。

讫莱鲁从柜台后伸出头来，对男子摇了摇头，又向后面指了一指。萍正从后屋拍打着和面时沾上的面粉，解开围兜来上下掸着，听到有人找自己便笑着脸迎了上来。

“您好！来瞧病还是抓药?”她惯常地问。

“大少奶奶，您一向可好!”对方一见到她，便满脸堆笑着问道。

萍颇是吃了一惊。

眼前的人个子瘦高，发型中分，面貌清爽，隐约看着眼熟。待男子脱下右手手套熟练地在左手上拍打时，她随即想起在金陵的那一幕来。原来他是刘汝熙在金陵的同学，那个救她一命的军官。

她一向对于有官衔的、有特权的、有背景的人抱有特殊的厌恶感。即使对方曾经救过自己，亦不能阻挡她的不喜之情。于是她往外迎的脚步缓了下来，肩膀也不自然地收了起来，笑容尴尬地说道：“是您啊。怎么来了上海……”

来人名叫庄则栋，他家本是刘汝熙家长工，后受恩于老太爷赠金独立门户，经营蚕丝而后家业日盛。和刘汝熙自小一个私塾，同拜真人为师习武，十多年后又在金陵受教于同一名师欧阳询，故此两人之间感情笃厚。论文治武功，他总是自叹不如，但刘汝熙多次谢绝他的美意，不愿赴金陵任个一官半职，反而窝在乡下二十多年，这叫他曾经百思不得其解。

直到汝熙第一次特意赶到他的辖区为连襟媳妇求救，他才终于明白了这其中的部分缘故。

在他的岁数里，跟着各路司令走南闯北阅人无数，也曾风花雪月狎妓包娼。但他从未真正对任何一个女人动过情。女人是什么?就是男人累了找个温柔乡罢了。多年的营旅生涯令他早已学会封闭自己的内心，养就坚毅、果断、冷静的性格，所以从何司令到段司令，从齐司令到张司令，一直到现在南京临时政府的徐帅，无论跟的是谁，他们之间又如何乱斗，他一路顺风顺水，犹自岿然。乱世浮沉，在他的心里从未有过为谁驻足的准备。

何况刘家大少奶奶只是一个寡妇，且并非一个大美女。

对于这个在汝熙的书信中多次出现的女人，他一直抱有强烈的好奇心。然而匆忙中在46号牢房和她的第一次相遇，令他失望不已。一个普通的村妇而已，略清秀。他暗自思忖。

带她回到刘汝熙暂住的洋珠巷，巷子里老树青藤交错，空气里弥漫着澹青色的湿漉漉的感觉。待三人踏进黑铁大门的瞬间，那少奶奶才终于开口说了句话，哪知一开口便叫他诧异不已。

“冠年，你若少时再不来，我决意自我了断了。”少奶奶边说着，边强抑着战栗倚在门边说道，脸上却是一副轻松淡然的神情，并无语言里的那番神情。

他此时重新打量着这少妇，那双灵光透亮的大眼睛亦仿佛张望着自己，不知怎么的，他的心里突地跳了几下。

作为一个军人看惯了生死，他并不觉得轻言自杀是一件特别勇敢的事，然而眼前的她自嘲淡定的神情却让他有种别样的感觉。果然，刘汝熙极力欣赏的，并非寻常之人。

第二次见她，是在她的生日宴上。

彼时，距离金陵初见已时隔多年。她的脸竟像昨日一样清晰，那脸颊依然丰润着，甚或更红润了。她迎面向他走来的时候，穿着一件极其特别的绘着墨荷的斜襟旗袍，说不出的别致，说不出的清雅。她的发髻整整齐齐地挽在脑后，前头依旧没有刘海儿，高昂着头颈，露着光洁的大额头，隐约能看见发髻上还有一朵白色手造梨花斜插着。

她出现在他眼前的瞬间，他觉得自己的周围忽然暗淡了下去，安静了下去，那些乡下女人们嗤笑八卦的喧嚣声，男人们酒碗碰撞和着傻笑的吵闹声，孩童们飞奔着穿梭在桌面间混着间或摔倒的哭泣声，一时间，全然不在。

他的眼前只有她，而当她并不特殊厚待且礼数有加地只向他莞尔一笑，立刻他的心便剧痛起来。

原来这些年，他一直在等的，就是她。

从刘村赶往上海前半年的一个下午，听到庄则栋袒露的心声，刘汝熙先是站起来围着石桌转了几圈，接着颇激烈地敲了敲石桌，又过来狠捶了他胸口几下，没等他回过神来便自顾自地喋喋说："好啊，好啊……这真想不到……好……真好……"

"冠年……"他有些手足无措，他本以为以冠年对她的喜爱闻言定会暴跳如雷。

"冠年。我不想断了兄弟之情手足之义！但请你体谅我，我……"他看着脸色潮红的刘汝熙，有些发慌。

"哈哈哈哈哈！"那边刘汝熙一反常态地狂笑起来。

"仲平啊仲平！你以为……你这家伙！你可是误会了！我是真替她高兴！替你着急！"

刘汝熙终于停了下来，愕然又颇好笑地瞪着庄则栋。

"怎么？"庄则栋万分不解地呆坐着。

"我和萍之间，绝非男女之情。别的不多说，你信是不信？"刘汝熙还是刘汝熙，一贯的简单明了。

"哦……我……"庄则栋的脑子乱哄哄的，但是多年的了解和情谊不容反驳地叫他回应道："自然是信。"

"信便是了，"刘汝熙又道，"你先回，过了这段，我会修书于你，你便捯饬一下去上海寻她吧。只是有一条，她若恼了，你可怨不得我，兄弟我也帮不了你……"

此时站在萍的药房里，空气中弥漫着令人发闷的咸湿味道，庄则栋小

心地接住萍递过来的茶水，思量着如何展开话题。

“仲平兄，”萍突然开口。

庄则栋对于这个期待很久但又来之突兀的称谓不知如何回应，竟自呆了呆，随后赶忙答道：“哦……大少奶奶。”

“您还没说来我这药房所为何事呢？”

“噢……”庄则栋尴尬地又喝了口水，于是将早已准备好的台词一一托出：“我来是想问您，如将这震轩药房设为我军的特供药房，您可愿意？”紧接着，他又说：“司令命我在上海找一妥帖的军需供应，我便第一时间和冠年商计了，他权且没有问题，只看您是否同意？”

他说话的时候，萍一直紧紧盯着他的眼睛。这是她在与人谈话时的习惯使然，虽然这目光常常叫人不适，但是在观察对方是否真诚的同时，也给了她足够时间思考。

庄则栋看起来极其真挚，目光里另透着一股说不出的善意。

这对于药房自然是件天大的好事。只是若他日被人说成做了官商或出了变乱却又似乎不妥……何况近些年一片混战，他这临时政府谁知将变得如何？但是，若真有了固定的流水，药房或可熬过目下物价飞涨的危机，更何况不久后即将接两个孩子过来接手……

她心里这么颠三倒四矛盾着，手上的手巾亦就乱七八糟的横绞着，嘴唇越咬越紧。

萍就这么直直地盯着庄则栋，约莫有半盏茶时间，也并没有说一句话。

对面的庄则栋被看的双腿发麻，两颊发热，但他始终摩挲着自己的手套，不发一言。又过了一会儿，萍自觉有些失礼，便往后将身子坐了坐正，伸手从侧旁店里唯一一张檀木八仙桌上拿了一块条头糕，双手送上给庄则栋道："非常感谢您，这恐怕正是我这里需要的。不过您这毕竟是军队，我这就一小店……能不能容我再想想？"

"大少奶奶，您客气了。"庄则栋仔细地接过糕点，那糕点上点缀着桂花几瓣，一股软腻浓香迎面而来。"当然当然，您尽管自己念着，我先自回馆歇息如何？"

话虽这么说，他却牢牢定在座位上，没有离开的意思。

此时早已乌云密布的天终于忍耐不住地下起来雨。雨点淅淅沥沥地敲打在药房的瓦片上，萍被这声音一惊，突然起身向店后快步走去，边走边抱歉地说："仲平兄，您少坐，我失陪片刻！"

"何事？"庄则栋赶忙起身跟了过去。

看着庄则栋冒雨给已经开始长毛的雏鸟们盖上毛毡布，又仔细地将鸟巢移到避雨处，边上两只老鸟竟都乖乖不动予以配合，萍好生感动。待他下了梯子，整个人已经像个被暴雨浸透的稻草人。

在她心目中，军人和流氓是没有太大区别的，当年还是未嫁姑娘时，父亲曾在茶园边的庄子里招待过一众官兵，那为首军官猥琐的样貌和行事至今令她想起便恶心不已，况且在金陵的牢狱之灾她至今仍时常记起。

而眼前的庄则栋，和她记忆中的那些人物完全不同。他安静又细致，行事利索而果决，似乎一切都在把握之中却并不显得骄横跋扈。从某种角度看，他的个性和刘汝熙很像，怨不得两人好似兄弟。不知道是不是对他的看法有所改进，萍的声音益发温和起来："仲平兄，太不好意思了，您全身都湿了。"

犹豫了几秒，她又说："若您愿意，请留下一并吃个晚饭罢，我也可顺便把您衣服给烘烘干，如何？"

她诚恳地望着庄则栋。

庄则栋此时内心已经狂喜至不能言。

“……”他迅速地点了点头，又觉得这个动作太明显，遂尴尬地故作矜持地咳嗽起来，不曾想这一咳便停不下来，咳至重处，竟“哇”地吐出一口鲜血！

第十四章　两份邀约

庄则栋已在上海养病 1 个月。

身体健硕从不得病的他竟因一场雨一病不起，手脚绵软，面色如槁。这令他说不出的恼火，但滞留在此的唯一好处是，萍每日都带着各色不同的小菜点心来行馆探望。那个哑巴青年郎中抓的药亦颇神奇，令他在逐渐康复的同时，竟觉得多年前中了一刀的右臂老伤也跟着好了很多。

他从床上缓缓起身，套上搭在床头的青色褂子，向门口张了张望，此时胸口又开始隐隐作痛，强忍了几秒，终于还是咳了几下。

咚咚咚，闻声赶来的他的副官即刻从门口闪了进来。

“长官，您还好吧?”年轻的副官紧张地问，一脸关切。

庄则栋原本苦着的脸，因看见他而高兴了一点。这孩子跟着自己快十年了，是当年段祺瑞部队里的小小兵，当年两军恶战，小小兵作为俘虏被自己的大兵们欺负，是自己把他带到身边做了小跟班，一直培养到今天。想到这里，他不由叹息了一声，多年东征西伐，杀人无数，除了赏识和重用，除了财富和地位，他自己究竟得到了什么?

想到这里，他的心里越发空荡荡的，她怎么今天还不来？

望望法式拱门的落地窗，窗外除了偶尔飘落的梧桐，并没有一丝雨落下。庄则栋不由振作了起来，尽力大声对年轻副官说：“秦谦，走，陪我出去一下。”

庄则栋抵达药馆之前的几个时辰，萍正和远道而来的老友说话。

除了庄则栋是她近半年的不速之客外，这位也如出一辙。

陆雅珍用手托了托新烫的长发，喜滋滋地坐到萍的对面，对她说了几乎一模一样的话。

“简，无事不登三宝殿，我今天来，有要事相托。”她浑然不知那年在金陵发生的后续所有，只一味热情地抓着萍的双手激动地说。

“我们希望你的药店能成为我们革命军的指定军需药房。”她看着一脸惊诧无法置信的萍，补充道：“一方面，我们相信你的为人和药品的质量；另一方面，你这里靠近日租界和驻军点，最危险的地方就是最安全的地方。”

她殷切地看着萍：“怎么样，你怎么说？”

怕什么来什么。

当年只是受人之托，忠人之事而已……萍好不后悔。

她丝毫不想卷入什么革命事件中，若说庄则栋的生意因刘汝熙的原因勉强可算关照，那今天陆雅珍的请求真是强人所难。无论如何，药店只是生意，万万不能被当作一个军事据点或者为其他所用。

思及此，她颇不自然地从对方手中抽出自己的手，装作给她添茶。

“雅珍，这个实在是贵军看得起我。可是我一个小店而已，既无大仓库可屯药，也无大资金可周转。”她见陆雅珍急于辩论，忙增加道：“政府的钱我是不敢要的，你们革命军的钱我更不敢要。莫说临时军需调用，就是偶尔拿几箱药材去了，我便半个月不得开张……”

“简，”陆雅珍见她退缩，苦口婆心地坚持着：“你不用担心这些，我既能来你这里自然是了解了些许情况的。我们可算是互相帮助。”她悄悄瞄了下萍苦楚的脸。

萍一时语塞。因经常免费施药给附近的穷苦人，近二个月药店确有入不敷出之势。现在听她旁敲侧击，心里颇不是滋味。

“这样吧，你再考虑考虑，我们是老同学，你一定要相信我，我们真的需要你的帮助。”陆雅珍以万分诚恳的近乎请求的姿态说道。“好了，今天叨扰了。我先告辞，过几天再联系你。”

她起身以一个漂亮优雅的姿势捋了捋裙摆，纱织的裙子顿时发出悦耳的声音。想到她是那样的家财万贯、青春貌美，却肯为了自己的理想在外面抛头露面、低三下四，甚或冒着生命危险，萍的心中不由一热，再一次为这样一位时髦美丽勇敢的“革命党”所倾倒了。

她在店门口目送陆雅珍登上一辆灰色三轮车远去的时候，迎面庄则栋匆匆而来。

“大少奶奶，你可还好?”庄则栋口气虽急，却神情稳重。

“哦，不好意思。我方才有些事情，所以……”萍忙不迭地往里让，一边思忖着如何开口。

庄则栋仔细看了一眼八仙桌，桌上分明还留着二盏清茶，半份糕点。显然，他之前，有客人曾在这里。

“无妨无妨，”庄则栋赶忙抢先截住她的道歉。“有朋友来聊聊天自然比探望久病之人舒心，这可是人之常情。只是我看您眉头深锁，是否有事烦心?”

“正是，”看庄则栋对自己的关切全无虚假，萍索性直言道。

“我正在考虑回绝您的美意。”

“咳咳……”庄则栋闻言一惊，突觉胸腔一阵发热，便不自觉咳嗽起来。一旁的秦谦顿时慌张，欲拿茶杯竟失手将茶打翻。

民国十四年初，萍终于将虎子和狗子一起接到了上海。

虎子彼时已成长为翩翩少年，眼睛益发的向里凹，额头饱满，五官俊朗，皮肤较五年前来刘村时已白了不少。一对虎眼不安分地四处琢磨，神采奕奕。相形之下，狗子个矮了半截，约莫只到虎子的肩膀，体型瘦弱，脸庞却十分清秀，萍端详着自己的儿子，发觉他身上竟已隐约现出刘世庭年少时的样子。

两个孩子在得厅堂正中，老老实实恭恭敬敬给萍磕了头，敬了茶。这才自在快活地四处熟悉新家去，不一会萍听到头顶鸟叫声乱起，知是两个小鬼找到了青鸟的巢穴，竟自笑了出来。

刘汝熙合住了账本，欣慰地看着一尘不染的药店和打理得整整齐齐的药柜，心中暗自又将萍赞了千遍。此时看见萍满怀笑意，心情颇好，便借机开了口。

“你看，孩子们也到了，接下来作何打算呢?”

“嗯……”萍沉吟了一下，收住了微笑，皱了皱眉说：“时局越发混乱了，难民最近多得紧，自那个姓袁的死后，怎么外面乱得更甚了呢?”

“此事我在仲平处多有所闻，他目下也烦恼得紧，不知这个临时政府是否还能维系下去。”顿了顿，他又说：“不过，你放心，你且在上海公租界内，受不得太大影响，只是最近英国人日本人也乱闹的，叫伙计孩子们远离了驻军区便好。”

得他一番宽慰，她放心地点点头，又问：“村里近况如何?”

“村里老样子，只是又有些村妇随人跑了，出去的男子陆续也有回来的。”他刻意停顿了一下，犹豫着要不要往下继续。

萍没有留意他的语气，关切地自顾自问：“我家婆婆可好？爷叔和弟弟可好？”

刘汝熙轻轻地用手指敲打了几下桌面，终于下定决心说：“他们都好。只是……”

“公共账面上最近两年多了些不明不白的开支，上个月我从南京回来的时候，私库里存着的金条，只剩了三十几根……”

萍大为诧异，“呼”的一声站了起来，谁这么大胆子竟敢偷盗她内库之金!?

旋即，她看了看刘汝熙捉摸不定的眼神，忽然意识到四个字：家贼难防。

“冠年，我们暂时并未报官罢?”她问道，重重地吸了几口气，艰难地重新坐了下来。

“此事，其实并非蹊跷，一年前我早已耳闻令弟在外赌博日渐沉迷。”刘汝熙摇了摇头，“只怪我当时想着他和你的关系，所以睁一只眼闭一只眼，对他经常去账房取用一事不做反应。那些现钱我后来用自己的钱给他垫了空缺……只是没想到他竟胆子越发肥了。”

他又说：“你今儿既然说了，我也不怕担个挑唆的坏名声。库内金条之事十之八九为他所为。”

萍暗暗地吸了一口冷气。

幸亏还没有全部拿走，否则叫所有一切如何为继？看来，将私产留在乡下并非可靠。至于这同父异母的兄弟……她的心里隐隐作痛。十多年了，她时常念念不断地想要报仇，想要返回家乡，然而到最后不但未能报仇，且搭上了半副刘村的身家！

见她冷汗涔涔，黛眉紧锁，双肩不断的抖动。刘汝熙不由为自己的冷

酷后悔起来。他劝慰道："常言道，知人知面不知心，就当我们养了一匹豺狼。此事你拿定主意，我便去办，总要办的有理有节，又不至让你失了体面才好。故此，我认为无须报官，他既只拿了一些未走，想必是给自己留条后路，原是为了还债，不是为着搞垮我们的罢!"

"不报官……不报官……不报官……"萍喃喃自语着，一双手猛烈地搅动着丝巾。

"此事也绝不能报官!"刘汝熙突然转而言道。

"这是为何?"萍不解。

"现下南京政府四面楚歌，各地军阀大有群起而分羹之势。不要说流民乱匪了，村里每隔几天就会少些鸡鸭都未见得是外人偷走的。莫说这几十根金条，就算风闻哪里有几十担大米，都一定会有人眼红抢了去。届时可真是赶走野猪引来狼。"刘汝熙颇带有些嘲讽地说道。

"村里的人自己也这样吗?"萍大惊。

"人哪，人哪……"或为村民不堪，或为自己失治，刘汝熙惭愧地摇了摇头。"我已将剩下的金条封了罐，埋在我屋内。想必可保一时平安。至于令弟，你自己定夺吧。"

第十五章　二十根金条

不过千里的脚程，上海的景致与乡下的村景差异之大，总令来回奔波的刘汝熙喟叹不已。七月流火，九月添衣。回到乡下不知不觉半年多了。他环抱着璧人一样的女儿，心满意足。

半年多了，他迟迟未对刘戌高动手。而对方似乎也按兵不动。照理他偷走了小半金库该当逃遁，他却每日在刘村晃悠，或是至邻村沽酒买醉，或是至傍晚与几个年轻姑娘调笑，毫无惭愧警觉之色。

这，令刘汝熙百思不得其解。

咣咣咣咣咣!!! 铛铛铛铛铛!!!

突然间外面锣声大起，紧接着村口大钟的巨响声不绝于耳。

刘汝熙惊跳起来，将珍珠儿磕着了，小女孩于是放声大哭。闻声从里屋引身而出的王氏赶忙从刘汝熙手中将女儿抱了去，一面惊恐不安的问刘汝熙道：“何事?!”

“不知，我去看看，你和珍珠儿莫出屋子!”刘汝熙严肃地说道。

他抬眼看了一眼挂在墙上字画边几十年未曾动过的宝剑，心下一动，便伸过手去摘了下来。虽日久生疏，仍不妨我除贼治盗吧？他暗自想到。

这柄宝剑乃师父亲赐，几十年前学道之时与师父在山上练剑，终日里剑花飞舞，荡石如土，是一把少有的好剑。他小心翼翼地用抹布抹去剑身上陈积的灰尘，瞬间，青绿色的剑身立时显现出来，令他颇有些激动。

刘村牌坊的下半截不知被谁涂上了什么文字图案，在火光下诡异非常。

此刻，村中的男女都集中在牌坊的左边不知所措，而牌坊的右边是一小撮不知什么旗号的痞子兵丁，约莫有十来个人的样子。为首的一个脸上带着黑痦子的瘦高个正恶狠狠地对村中男女发话。

“都给我听好了！我们奉命前来，有人告发你们藏匿大量金银财宝，不上交政府，毫无忠诚可言！故此，我们特来搜查，若有知情不报的，一律拿进大牢！”

“我是此地的村长副。”刘汝熙一把推开前面的几个吓得直哆嗦的婶子，上前一步道：“有什么事情只管找我！”

“哦……是他吗?”黑痦子拉了一把身后的人，一个影子出现在火光里。正是刘戌高。

“是他，”刘戌高咬牙道。“就是他私藏了金砖，不上交。”

黑痦子一摆手，呼啦一圈，十几个痞子兵围住了刘汝熙。

刘汝熙定了定神，心道怎不见这厮有动静，原来后招如此。

他忽地提起手中的青光剑，只见火光里剑光一闪，直骇得黑痦子等人连退了三步。

“你你你，你想干什么！给老子围住他！”黑痦子尖声叫道。一边慌乱地去掏枪。

“我不想干什么，长官，我只问你三件事。”刘汝熙的剑上不知什么时候多了枪匣子，惊得黑痞子脸直抽筋。周围的痞子兵瞬间失去了勇气，纷纷后退。

“第一，谁说我们刘村有金银珠宝？我在此几十年，我怎么不知？大家知道吗？”他转身问村民，村民极其配合地纷纷摇头。

“第二，金银珠宝在哪？谁曾见到过？见到为何不直接上交？”他说此话的时候，“猛”地一把拉过刘戌高，紧盯着他的眼睛道。

刘戌高被吓得魂飞魄散，一下摔倒在地。黑痞子闻言似乎也甚觉有理，于是真的抓住他的衣领逼问道：“是啊，你不是说有金条吗？你看到过为什么不拿出来？”

全村人闻言怒视着刘戌高，有几个壮年村民更是暗自从地上取了块大石头只等出手。刘戌高跪在地上，人不像人鬼不像鬼地干号起来：“哎呀，长官啊，你别听他胡说啊，我哪里有见过拿过，我哪有那个胆子啊！”

刘汝熙紧逼一步，将黑痞子逼在石狮子跟前，冷笑一声继续问道：“第三，这位官爷，不知您来自哪府哪庙，尊长官又是谁，跟的司令是黄兴啊还是蒋作宾？还是听您口音来自北方，是段司令或冯司令的亲近呢？”见黑痞子结结巴巴，完全答不上来，狂妄气势早已不见。他便突然横剑在石狮子的耳旁，厉声说道：“一群逃兵！土匪！流寇！竟敢假装官兵！其罪可诛！”说罢，猛力向黑痞子砍去。

黑痞子被顶到石狮子冰凉的鼻尖上时就已几乎怵得魂飞天外，此时只听耳旁风声凌厉，以为自己小命不保，扑通摔倒在地抖个不停。

只见电光火石交错，瞬间石狮子的耳朵被切下，砸在地上发出巨响。与此同时，刘村众人早已怒火攻心，将刘戌高自行押在一旁。

“算你狠，我们走!!!”黑痦子连滚带爬地带着手下冲进了黑夜里，不一会儿就消失得无影无踪。

刘汝熙的虎口被震得生生发麻，后背大汗淋漓，好不后怕。

他缓缓地走到刘戊高跟前，狠狠地只说了一字：“滚!”

第十六章　扛米男孩

上海感受到了举国皆哀的巨大悲痛。而萍是从庄则栋身上感觉到的这种巨大悲痛。

在她记忆里，三次见他，他都是一个沉默寡言、言辞稳重、情感深藏从不外露的人。尤其是最后一条，是他和刘汝熙最大的区别，也是萍对他对说不清道不明有些抗拒的原因。

他很难捉摸。而这一次，萍看到了浓得像墨一样化不去的悲伤。这悲伤，在他第四次见她的第一瞬间，就像空气一样传染了她，令她也不由自主的肃穆起来。

“仲平兄……”她不知该说什么。对于那位孙文先生，她根本全无了解。她只从他的断片似的描述里，那些街头慷慨激昂的宣传单里，那些客人们眉飞色舞的谈话里，受到些许感染。她不知，在临时政府里挂职的庄则栋与这位孙文大总统是否有过交道，是否有过熟稔。

她轻轻地推开西面的窗，明明是三月，却有一股子冷风直冲进了正厅，让坐着的人不寒而栗。

许是冷风吹醒了他，发现自己的失态，庄则栋不自然地耸了耸肩，将摆在凳上的军衣重新披上。他竟忘了摘帽。

“大少奶奶。”他兀自叹道：“此后不知该当如何……国不知将如何……吾辈不知该如何……”

“索性不当这官如何？”萍利落地回答道。

庄则栋吃了一惊，转而摇了摇头：“说来惭愧，兄弟这些年来，除了打打杀杀，可曾做过什么体面之事，可还能有什么体面作为！”

萍默默点了点头，也是，一个多年的军官杀人如麻，去职后难道做个和尚吗？

但是她依旧说道：“这话可不得说。仲平兄也并非粗野之人，怎么能如此埋汰自己。若不从军，时间短或是无聊，时间长了终有成事之处罢！”

她话语温和却句句说进他的心里，庄则栋感激地看着她，只见她的眼眸在灯光下似水波流转，一头乌黑的长发干净的挽在耳侧，脸色温润朴素，整个人看起来仍是二十七八岁的样子。

他不由伸出手摸了摸自己的脸。

“若我留在上海，如何？”他终于隐忍不住内心的渴望，脱口问道。

狗子的手里还抓着三国志的小人画，这是现下孩子们中最时髦的玩意儿。从文庙花几文钱便可得来许多画着栩栩如生故事的小书。

萍一边抚摸着狗子的手，一边注意着楼上虎子的动静。脑子里庄则栋那颇有深意的话依旧徘徊不去。

她不是一个心肠麻木的女人。虽然只见过庄则栋四次，但每一次，对方都带着无比的善意和无尽的诚恳而来，令她颇为感动，进而心生涟漪。然而，沧海桑田，每次看到狗子和虎子，她就觉得此生已了，不必多生枝节。生逢乱世，更兼不详，她不想看到任何人再受她的连累和伤害。想到此处，她抓着胸前的十字架又重新稳住了心意，抱起狗子爬上了二楼。

夜，更深，更静。没有人记得上一个夜是怎样熬过的。

五月是催生的季节，刘汝熙的家书里说村里一切都生机盎然，连大黄都有了孙。

租界中心地带的梧桐正长得郁郁葱葱，大片的树荫将路边的行人拢起，远远的，竟有人行道上无人行走的错觉。而日本人聚居的吴淞路一带颇多人在做些小吃的营生，逐渐热闹。

虎子和狗子每天都要额外为店铺搬米，只因原来说好只做药需点，现在竟央不住陆雅珍的求告，糊里糊涂成了小粮仓。她的要求不高，每天五六趟，说好地址送去即可，一般送完大米，对方接收的人看在两个小家伙受累的分儿上能有所打赏，所以小家伙们倒也乐此不疲，仿佛是一种轻松的外快。而萍一直怀疑这米中另有玄机。

这一日，虎子正挥汗如雨地扛着两袋大米赶往迪斯威路，前面一个日本浪人忽然拦住了去路。虎子一呆，赶忙将货先卸下问道："何事?"

"这是什么?"对方无礼地踹了一脚地上的米袋问道。

虽然最近因来往的多了学了些日语完全明白对方在问什么，但虎子对他极不礼貌的动作感到愤怒，且他谨记着干娘的话，尽量少和租界里的外国人纠缠。于是他客气地拱了拱身体，装作听不懂，只做出了一个鞠躬的姿势。

"呆子!"对方粗鲁地推了他的脑袋一下，叽叽歪歪地骂道。

强压心底的怒火，虎子又往后躬身退了退。

怎知对方一把抽出刀来，在他的大米袋上嚓嚓地戳了两道，看见白花花的大米像泉涌般撒落在地，对方无聊至极的狂笑起来。

忍无可忍。

虎子自从幼时到了刘村，就一直跟着刘汝熙习武，迄今多年。这些年来，他无时不在摩拳擦掌，想着要试试身手，和谁一较短长。奈何师父只肯教，不肯取真剑陪练，故而一直未得施展。今天遇到这个日本人的无端挑衅，让他不由得恶气上头，胆气倍增，于是施展出拿人的招式，一把强将对方的手腕拧住。

日本人大惊，不曾料这年轻孩子会有如此手段和力气，当下抓了狂，两足乱踢，不断狂号道："浑蛋、浑蛋、浑蛋!"四周围观的人越来越多，远处传来捕房的哨声和红头阿三的叫嚣声。

虎子见势不妙，大力地甩开日本人拔腿便跑，一路跑去，路越发不熟悉，人越发的多，逐渐地竟被团团围住，被人群推搡着往工董局的方向越走越近。

他心下不明所以然，只庆幸摆脱了那个日本人，待伸长了脖子仔细观望，方才发现四周都是工人、学生模样的年轻人。他于是小心翼翼地问身边的一个年轻女孩："请问你们这是在干什么?"

"抗议啊!"女孩子一脸义愤填膺的表情。

不知不觉地，已行进到了南京路老闸捕房门首，虎子被摩肩接踵的人群包裹着，难以脱身。凭着他的身高，放眼看去，集结之人竟然多至上万，响亮的口号声此起彼伏，震耳欲聋。就在此时，突地凭空枪声响起，刚才还在身边的年轻女孩应声倒下。人群顿时乱成一团。

虎子目睹着鲜活的花季女孩被毫无预兆地当场枪杀，悲愤激动之情一时间难以言表。血气方刚的他不顾一切地冲上前去，一个飞腿将刚才开枪的英国巡捕打翻在地，并夺过他的长枪来照着那人的太阳穴重重一击。他在人群中奋力的想要抢过女孩子的尸首，却终因人潮汹涌而失去了目标。

虎子的脸上涕汗交织，在所有的枪声停止之后，他发现自己已经被看到他的义举想要保护他的学生们推到了苏州河边。一大群捕快吹着尖利的哨子推搡着人群，不知是不是在找他。此时，有人猛地一推，将他推下了河提。

虎子肆意痛哭着，才十四岁的他突然感受到一种前所未有的悲愤和无奈。

臭河浜里的水顺着他的嘴流进了喉咙，他却毫不在意。他一边奋力地游，一边大声地哭，仿佛要把这所有中国人的屈辱和伤痛一起哭尽。

第十七章　返乡情切

靳善茶园的茅草门还在。

木匾上的四个父亲亲题的大字已经失去了颜色，残破不堪地挂在门上，似乎连在微风里摇摆的最后一点力气都失去了。

萍努力回忆着走过的每块石头，每条小径，却依然无法将失去了魂魄的茶园重新纳入心中。

上一年的种种，到了这一年，仿佛全都不算的什么。

十五年故土魂何在？十五年相思能聚首？

从镇上一路行来，萍发现所有的米铺、商号，但凡曾属于父亲的资产已然全都落入他人之手，强占者是兵是匪根本无从得知，连陪着前来的庄则栋都为这大片家产的如此破败感到无限惋惜。

而萍却已经不在乎了，她此行只想搞清楚一件事情。

庄则栋踱着军杖慢慢地走在她的身后，一直在想自己对于萍来说究竟算是什么样的角色。临时政府分崩离析了，他的大帅们一夜之间各自有了新的方向，而他早已经累了。于是他果断地听从了萍和刘汝熙的建议，放下了几十年的鞍马生涯，成了一个无所事事的闲人。

银财很宽裕，多年来部队私建的小金库，买间房，买个妾，再生几个孩子，这似乎都不是问题。问题是他不想去做这些事情。况且秦谦还忠心耿耿地跟随着他，他也需为这孩子谋个营生。

他抬头看了看紧随在身边的秦谦，从总统府出来后，他的脸色迄今未曾晴朗过。他又看了看前面和萍并肩大步行走的虎子，强忍着荒谬的醋意不向上翻涌。他多想成为萍的依靠，唯一的依靠，只是，这样的机会，她仿佛永远不会给他了。想到这里，他顿觉得自己此行简直是作为朋友的高风亮节，不禁自嘲地咧了咧嘴。

跟在萍身边的虎子同样也是一言不发，心事重重。

萍这些日子来发现这孩子变得日益沉默寡言起来，除了经常陪着师父坐堂，替他抄方抓药之外，饭不少吃，活不少干，扛米竟自不愿去，却经常流连在后院练功练得极勤。她察言观色了许久，也不曾了解到这变化的本因，回刘村的时候和汝熙两个琢磨了半晌，汝熙猜度他是身体发育不适引起的，她于是也没再多想。

此刻，他就在自己身边，已有五尺三寸左右，身高马大，体格再不复少年样，而是成年男子般的健硕。看着树荫下快速移动的两个人的影子，有那么恍惚的刹那，好像是罗震在和自己并肩而行。鸳梦成空，往事已矣。无意识地，萍“唉”的一声叹出气来。

约莫又行了几里，刘家大院青砖白墙的轮廓线隐隐约约出现在众人眼前，这宅子面对龙屏山，为汩汩清溪环绕，此时在夕阳的照耀下通身金黄，显得如此温暖亲近，令萍的眼眶顿时就湿润了。

“我们快到了。”她很是激动地握住了虎子的手。

仿佛在梦中被催醒，他感觉干娘的手柔软却极用力，虎子于是挺了挺

身，伸出左臂去环抱住她的肩头。

恰在众人正要行至大门时，大门右侧高大的石榴树下有几个人影一闪而过引起了虎子和身后秦谦的警觉。

秦谦和虎子一前一后急窜了出去，然而那几个鬼祟的人影早已不见。

早已紧赶两步进到萍身前的庄则栋一把拦住迫切想进入老宅一探究竟的她道："天色已晚，最近流寇猖獗，我们才四人，需谨慎行事!"

萍感到心脏在热切地跳动着，眼眶上的神经也在不停地跳动，她是如何的想回家啊!

然而，庄则栋的话还是让她冷静下来，停下了脚步。

"好吧，那我们去刚才路口的客栈休息一晚，明早再来。"萍无奈地向两个年轻孩子挥了挥手，一行人遂沿着原路返了回去。

夜渐渐深了，萍披着单衣依靠在木雕的床头，思绪连绵。

山水无改，涧石滑软。松鼠嬉戏，林鸦乱鸣。一切都是十五年前的模样。好似家乡并没有受到战火的荼毒。门前的那棵高有五人的大石榴树正要结果，间或细枝上藏有青红各自的果子，看起来分外喜人。萍回想这傍晚见到的老宅，既欣慰又唏嘘。不过一会儿，不知为何竟觉得十分慵困，还未好好躺下，便竟自一歪头沉沉睡去。

寒山竹影，烛光闪烁。

庄则栋努力强睁双眼，顺着昏暗的灯光看去，只见眼前几个身影不断地晃来晃去。他有一种溺水的错觉，耳听不明，眼见不清，脑袋里像有什么在生生地往外挤，头疼欲裂。见惯了刀光剑影流弹火炮，他立刻意识到自己被人暗算了。

"大少奶奶!"他心里慌忙惊叫着，却未将这声音送出喉头。

一个瘦弱身形的人此时似乎听到动静，不放心地转回头来瞪了一眼。

这脸既陌生却又似曾相识，庄则栋眯着眼睛装仍自晕厥，心里忐忑地猜测萍的所在。此时，他身边斜躺在地的秦谦“咦”的一声悠悠醒来，一头撞在他的腰上。他连忙将背后草绳绑住的双手伸出去，摸在秦谦脸上，将他的嘴捂住。

“醒了?!”有人闻声惊问。

那瘦弱的小个子走上来，踢了一脚庄则栋和秦谦道：“没。放心，这么重的药哪能那么快醒，大哥，我们现在能动手了吗?”

一个黝黑的兵士打扮的人端起了桌上的蜡烛台，便往外走边挥挥手道：“走，先去问那娘们拿金条!”

庄则栋心下既喜又怕，萍还活着。

待几条黑影摇曳着出了此房，很快屋子里一片漆黑，庄则栋赶忙摇动秦谦，两人嘴对嘴拼命咬着手腕上的麻绳，不一会儿就彼此解开了。

秦谦用手抹了抹唇边的鲜血，还未来得及开骂，就被庄则栋一把拖走向歹人离开的方向追去。

“你们放开我娘!”虎子大吼大叫着，怒目圆睁，仿佛就这怒火就足以让眼前的歹徒碎尸万段，无奈他被牢牢地困在屋内的圆柱上，只能伸出脚来一通乱踢。“啪”的一声，他的右脸被脸上有一颗痦子的家伙猛扇了一巴掌，而未回过神来，左脸又是“啪”的一声，挨了瘦子一巴掌。

“我早就想揍你了！娘的，哪来的野小子，仗着这臭婆娘总是欺负老子。”瘦子颇有酣畅的快感：“现在落到老子手里，看你横到几时!”

虎子闻言一惊，仔细端详对方，这才认出是干舅舅刘戌高。

“舅舅!”他一时万分惊讶，竟忘了骂他，仍叫着长辈的称呼。

“谁他么是你舅舅!”瘦子声嘶力竭地喊，仿佛有多年的愤恨不满急需宣泄：“你这野小子不知哪来的，凭什么这两房刘家的好处都给你们娘俩

给独占了！今天老子就要讨回点公道！”

“公道……”昏厥般躺在床头看似不醒的萍缓缓地起身，悠悠地吐出两个字来把刘戌高着实吓了一跳，他顿时向后退了几步，退到了黑痦子的身后。

萍心疼万分地扫了一眼虎子，先端正了自己的衣物，扣上了纽子，这才不屑地瞥着刘戌高又说道：“你要什么公道，说清楚，我便可还你。”

她此时心内怒火填膺，却强自端庄着想着拖延时间，想着庄则栋二人，想着如何能自救。

“说呀！”黑痦子不耐烦地用枪顶了一下帽子，抓起刘戌高往萍的面前一推。

萍紧紧地抓住他的眼神，令他无处躲闪，慌乱地说着：“这，这，这，就是这老刘家的金条！”

果然。

萍不疾不徐地说：“你可给我听好了，我从刘家嫁出去时，是丧嫁，一担米的嫁妆皆无，你娘明知，你虽当时还年幼，后来应该也多少听闻过罢。”她观察着黑痦子，心中已知其为汝熙所描述之流兵之首，于是又转过身面向着他说道：“至于刘村的，我当家多年，更不知哪里有什么金条。我既然从未见过，也就从未使过，何来什么不公之说。”

她的眼睛清澈明亮，看起来问心无愧，没有一丝说谎的样子。

这种坦然对应着前次在刘村中那个男子相同的话，似乎颇有些动摇了黑痦子，他犹豫着看了看刘戌高，心里狐疑自己是否又陪这个小子趟了一次浑水。一怒之下，他转回身将刘戌高一脚揣在地上，恶狠狠地骂道：“小子，你给我讲清楚，到底金条的事情是真的还是假的？你要是敢耍我，老子现在就一枪崩了你！”

刘戌高吓得一咕噜跪地，连忙磕头道“不敢啊！不敢！兵爷，我说的可都是真的呀！”为了证明自己，他一股脑地说：“我亲眼看到她房里藏着金条，那些不是老刘家的，还能是谁的？我娘走之前告诉我来找这个娘们，她亲口说她藏着我们老刘家的宝贝啊，她们毒死我爹前问过我爹，我爹当时死也不招呢！”

仿佛旱地惊雷，萍的眼泪和着她的怒火夺眶而出。原来她的父亲竟死于三姨太之手，而三姨太的所谓寡妇再嫁不过是和奸夫一起为避祸逃逸而已。种种不甘，种种心酸，回忆排山倒海地打在萍的身上，她“哇”的一声吐出一口鲜血，不顾性命的上前抓住刘戌高的衣襟，大力地摇晃着他道：“畜生！畜生！他是你爹！你们这些畜生！”

黑痦子为这突然的变故一呆，见这妇人变了模样，疯了般咬牙切齿的样子，心下已动了歹念，他悄悄地向手下的几个小兵挥了挥手，想要将所有人射杀在当场以绝后患。还未等他动手，原来被绑住的虎子已经飞踹过来将他的枪踢飞，又跟着一记重拳，他便一头栽倒不省人事。

身后几人见势不妙，拔腿欲逃，也被另外突然现身在屋子里的两人堵住去路，庄则栋大声喊道：“大少奶奶，你可还好？”闻声，萍还来不及回头，她的头颈就忽然被人扼住了。

“放开她！”庄则栋怒则怒矣，却一时乱了方寸。

刘戌高狗急跳墙，手里执着一把明晃晃的小匕首，压在萍的颈项，只见有细微的血珠慢慢渗了出来。

“娘！”虎子此时已经将其他小兵打翻在地，见状不由大叫失声。

关心则乱，刘戌高瞬间看到了生的希望，他紧紧地从萍的身后反押着她，脚步迈向门口。

墨色如漆，只见东方渐露青白。

庄则栋三人一路苦追却又不敢苦逼，待随着刘戍高和萍退至江边时，几人均已疲惫不堪。

庄则栋见江边停着大筏子船，冷笑了一声道：“看来你是早有准备啊!”

“别废话，把你们身上所有的钱都给老子拿出来扔在地上。”他拧了一下萍的手臂，萍这才因剧痛从被拖曳的晕眩中醒转。

庄则栋三人无可奈何地开始自己搜身，将身上的所有钱财都扔到刘戍高脚边说道：“放她走！你若真敢伤她，我保证会让你生不如死!”

刘戍高有些犹豫地一边捡钱，一边小心地仍将匕首对着萍，未做表示。他自顾自地思忖是将她带离后再扔下船去还是依言在此放了她。

“舅舅，”虎子突然冷静地开口说：“我娘照顾了你多年，她毕竟是你同父异母的姐妹。”

刘戍高怔了怔，手便不由得松了。虎子见机便一个箭步冲上前去欲与他搏斗。怎知他不曾真的疏忽，竟将手中的匕首向萍的后背扎去。

“扑”的一声，应声倒下的却是抢步上前的庄则栋。

匕首应声扎在他的左胸，鲜血立刻汩如泉涌。

虎子和秦谦应声呆住，一时不知到底是谁遇了害。刘戍高趁乱跳上船即要逃离，虎子那边已拔出匕首来检查庄则栋的伤口，他一边熟练地撕下衣服的最下部递给秦谦，一边反手对准刘戍高的脑袋就将匕首射了出去。

只听“啊”的一声，刘戍高似已倒在船上，虎子因急于救治庄则栋，便回头继续替他从肩膀向腋下紧绑伤口以止血。

此时，天已经渐晨光，远处似起虫声鸟鸣，待他们再抬头时，刘戍高的船早已向着西北方向而去，成了遥远处的一个黑点。

第十八章　永失吾爱

十八岁生辰后，虎子终于不再被叫作虎子，而是被干娘改了称呼为震南。

刘震南是他的大名，是他初到刘村时萍赐给他的名字。他十分珍惜地反复默念着自己的全名，心中颇为自豪。

昨日，他终于如愿通过了所有测试，成了国民军一名小小的士兵。这一天，他已经等了整整四年。当年苏州河边的种种历历在目，成为他参军的巨大动力，然而为免干娘担心，他一直不敢将心中的郁结和想法和盘托出，常常刻意躲避着萍，几年下来，竟让外人觉得他们二人间疏远了不少。

但明日既要去部队新兵报到，便免不了今日这关，该说的始终要说。

想到这里，他不免心中打鼓，多年来干娘对他的好在自己心里不但超过了亲生的娘，更甚于超过了对她自己的亲生儿子。这点，他比谁都更清楚更明白，感念至深。因此要说出令母亲忧心甚至伤心的话，着实令他心中为难。

刘震南成年后第一次非节日里的跪拜，让萍大惊。

“什么事，震南?”她端坐在椅上，轻声问道：“起来说。”

“不，娘，我就这般跪着才好……”刘震南嗫嚅着。

“你不要叫我担心，前几日才刚成人，今日便出什么事情了吗?”萍追问道。

“不是，娘。”刘震南将萍露出担忧的脸色，心下不忍，便直言道：“娘。是这样的。我前几日报名参了军，已经在编。明日将赴驻淞沪营地报到。”

许是豆油灯的油已经不足，昏暗的灯光下，萍的脸色阴沉沉的，屋子里安静得令人窒息。

刘震南又愧又囧地跪在地上，在他记忆中，这是他跪地最久的一次。他不知还能多说什么来打破这令人尴尬的沉默。

“明天报到。”萍重复了一遍他的话，耳朵里分明听见心脏猛烈的跳动声。“你报名参军了……”她又重复了一遍。

不知道是出于认识到孩子已经突然长大不受管束而有些无奈，还是明明这几年来自己真真切切地感受到了孩子的变化却拒绝接受揣着明白当糊涂的自嘲，她突兀地笑了起来。为什么她最害怕的事情总是会真真切切地发生……

刘震南被她的干笑声吓得头皮发麻，却又不敢回嘴。只偷偷挪了挪已经半麻的膝盖，依旧跪在地上，俯首帖耳的样子。

萍的脑子里转了几百个荒谬的念头，却找不到一个说服自己的理由，她也不知道自己究竟是不是在生震南的气，也不知该拿什么话来绝了他的念头，因此只能傻坐着。一时间，屋子里的气氛压抑得令人喘不过气来。

“大少奶奶在吗?”正在此时，门环轻扣，传来庄则栋的声音。

屋内的两人顿时都松了下来。

“快去给庄叔叔开门！”萍赶忙用脚碰了一下刘震南，示意他起身开门莫丢脸。

“哦。”刘震南急忙起身，蹦到门口去给他的救星开门。

“震南啊。娘俩在聊天呢？”庄则栋温和地说，脸上却没有语气里调侃的颜色。

“仲平兄怎么此时前来？”萍急忙掩饰着反问道。

“实不相瞒，我来是向大少奶奶辞行的。”庄则栋不寡不淡地说。

“这，”萍闻言很是一惊，除了之前的救命之恩，这四年来庄则栋赋闲，除了他自己的老家老宅，就总在这上海的小店蹲点，渐渐地更仿佛成了自己的管家，无意识中自己早已经习惯了他的存在，突然说走，颇令人不解和茫然。

她关切地伸出手去，将桌上的一只干净的青花瓷茶杯里加了些热茶，递给庄则栋道：“仲平兄素日与人不争，与我有恩，不知此去所为何事，所去何方？”

“是啊，庄叔叔，你要去哪？”刘震南闻言亦大急。私心里他盼着他能留在母亲身边照应如常，那他自己才能放心从军啊！

见母子俩皆是一脸殷殷挽留、分明不舍的模样。庄则栋的心里像被灌了蜜糖水，不由得感动了，终于放下了面具般客套真诚地说：“大少奶奶，实不相瞒。我此去仍是从军。这几年赋闲，游山玩水间看遍国之惨状，民不聊生更甚于前。孙先生和徐司令走后，我虽一时没有追随之人，却从未失报国之想。我已行将老朽，能保家卫国之日无多。近几年日寇如此猖狂，占我东北、屠我国民、逼我政府，这些我都看在眼里，岂有怒而不发的道理！我虽不才，昔日兄弟既肯信而相邀，虽勉强作为团长入编，多少

总可尽点人事。”

一旁的刘震南听见庄则栋发出此豪言壮语，不禁瞬间想起少年时自己被日本浪人欺负一事，顷刻间心潮澎湃激动非常。他上前去热情地握住了庄则栋的手，又用力地握紧，仿佛这样才能表达他对于这位昔日军官的崇敬之情。

被刘震南这么一握，庄则栋颇有些害羞，他自觉今日多言，便停下等待萍的反应。

哐，哐，哐，门外路上有人敲打着铜锣，“天干物燥，小心火烛。”

听着庄则栋说着从未说过的话，看着他脸上露着从未有过的慨然的神情。萍默默地抚了抚自己衣服上的褶子。她已经许久未曾穿这样面料的织物了，这墨绿色天鹅绒的袿子因太贵重，自老介福买来就不曾穿，直到前几天给震南过生辰才在众人面前显过一回，今天早晨不知怎么心情好，又拿出穿了。竟不知冥冥中似是为了眼前的两人送行。

想到这里，她心里笑了。

于是悠悠长叹一声道：“国家大事我自不懂。我只知道你们想做的，都是对的事，便好了罢。你们只当答应我一件事便可。”

“大少奶奶……”

“娘……”

庄则栋的心剧痛。若不是这样的萍，怎会值得他甘愿相守一生，而又正是这样的萍，才让他为和她的缘浅分薄而更自哀。

他再一次放下伪装，不安礼节地热切端详着她，今夜的她周身上下泛着墨绿色的丝光，手上攥着一方嫩黄色的丝帕，头发一如既往整齐地在脑后挽着，露着光洁的没有一丝皱纹的额头，看起来异乎寻常的高贵迷人，他越看越觉得这张脸从未改变，当年那个倚在树上漫不经心说着要自裁的女子还在这里，丝毫没有改变。

而刘震南却哭了。他心里为自己向干娘隐瞒了诸多事情而难过不安，一时间惭愧，不知如何面对她现在的宽容。

一月底后，萍再也没有见过刘震南和庄则栋。

闸北方向炮声枪声比前两天更甚了。现在她每天度日如年，如坐针毡。不安、恐惧时时填塞着她的心，连刘汝熙特意从乡下赶来也无法完全安慰她的焦躁。

她一边清理着药柜，一边胡乱地想，如果刘汝熙不来的话，她会不会已经疯了。

“你别担心，仲平是个打仗的材料，从小就头脑冷静指挥若定，参军后虽然历经白、冯、吴、孙等各类军阀，却能明哲保身且战功不断，至总统府差事时更是处事稳重，游刃有余。可见他已非常人之运！”试探了一下萍的神色，刘汝熙继续劝慰她道：“现在震南在他团里，他们便可以互相照应，定不会有事！”他的话听起来掷地有声，信心满满，令萍终于觉得好受一点。

“仲平兄无恙，则我儿无恙……定当如此。”她的眉梢终于有了些喜色，心里这才好好地画了个十字。

史无前例地，她开始关注《大众日报》上的各种与战局有关的消息。

日子就这样一天天心惊胆战的过去，有一天狗子终于忍不住问她：“娘，虎子哥去哪里了，我大半年不曾见他咧！”

萍在灶间远远地听他大声抱怨，却装聋作哑，自顾自地弄着手里的小笼汤包。这个上海本地的点心，是震南到了上海后最喜欢的吃食，也是她近日里才学会的手艺。这汤包的皮需擀面的人极用心，皮才够韧；包的时候，又需极细致，形状才好看；蒸的时候，更需火候好，人不离，才能确保汤汁浓厚，皮薄且馅儿不破。是出了名的难弄。

今日里为着这几屉的汤包，她已经切伤了自己两次，一整天左眼都在不停地跳动。此时一声惊雷，吓得她手一抖，将裹着面粉的刚准备上蒸笼的几只汤包滚落在地。

真是三月的天像孩子的脸……她抬头望了望窗外的马路，路上的行人已经纷纷打起了伞，或是急切地奔跑着四处躲雨。

“开门！快开门！”有人疯狂地拍打着房门，狗子轻快地哼着小调过去开门，刚打开门栓，门就被人狠命地撞开了，把狗子直弹到一边大声喊疼。

“娘，娘，快来！”刘震南失魂落魄地叫着萍。

“团长！”边上还有一人同样的悲恸欲绝。

很多年，萍没有这种心神俱颤的感觉了。

她不可置信地看着刘震南，只见他浑身湿透满手是血，怀里更抱着一个血人儿斜倒在门口。她迅即望向秦谦，想要对方给个答案，只听他哽咽着说：“团长被日本人……他说一定要见大少奶奶最后一面。”

萍全身颤抖着走到门前跪倒在地，从胸口取出丝帕伸出手去将那张淌满鲜血的脸仔细地擦了一擦，便努力克制着自己的战栗柔声唤道：“仲平兄。”

庄则栋在刘震南的怀里不断地抽搐着，此时听见熟悉的温柔语声，便极其努力地想要睁开双眼，怎奈头顶上的鲜血不住地往脸上流淌，他竟无论如何也看不清楚萍的脸。

此时的刘震南用狗子递来的纱布包住庄则栋的头上下左右地紧紧绕了几圈，哪知纱布几秒间便被染得通红。

刘震南见状悲恸欲绝，两行热泪顺着肿胀的眼眶不断流淌，却最终没有哭出声来。他结结巴巴地说：“我们从吴淞口打到江湾，从八字桥打到闸北，三十三天，我们打了三十三天。娘，他是为了救我，他是为了救我!”

庄则栋想要张口说话，却发现自己的喉咙已经发不出任何声音，他最后一次努力，终于睁开了双眼，看到了朝思暮想的人。

“仲平兄。”正对视着他等待着这一刻的萍却显得十分平静。见他终于睁开了眼，她突然提高了音量大声地对他说：“我愿意你留在上海，我愿意你天天在我店里，我愿意你陪我天南海北，我愿意和你琴瑟百年!”

这话语郑重直白。这一刻，他隐约觉得她不仅仅是在对自己说话，也是对某位神灵宣告明誓。这一刻，他等了十年。这一刻，让他觉得一切都值得了。

秦谦和刘震南一左一右地跪在灵堂前，正中央是跪在垫子上的萍，身后是已瞌睡着的狗子。

秦谦眼角的余光一直跟随着萍。

她穿着一件裹边纯白的纯黑色的旗袍，旗袍的巨大对比色将她煞白的脸映衬得益发凄惨。头上戴着一朵精致的丝带手盘的白花，耳垂上戴着一对小小的白色珍珠耳环。这副打扮既隆重又应景，和往常经常一副精干衣裤打扮的她看起来判若两人。

秦谦并不是一开始就了解庄则栋对萍的思虑。只是从他赋闲期间的行为举止，才逐渐领略到他对这个女人的心意。这些年他跟着庄则栋走东走西，跟着他在萍的店里招呼客人，跟着他陪伴萍去家乡查案，又眼见他为了萍身受刀伤……暗自里总觉得他平白付出，替他愤愤不平。

如今看着萍安安静静地打点丧事，安安静静地流泪，安安静静地为庄则栋洗漱更衣，仿佛早已是恩爱多年的夫妻，秦谦终于释然。

夜色温柔，树梢上时不时地划过风儿的悄声细语。灵堂里下垂的白色

缎带随着窗外的风轻轻摇摆着，像是在伴着月光翩然起舞。

整整七天了。

萍一个人在灵堂里枯坐着，为庄则栋守着头七。刘村有事，刘汝熙要到明日才能赶到上海。这样的消息不知怎么对她来说，竟成了好事。她终于可以有机会一个人陪伴他了。

她端起面前的一杯酒，一饮而尽。

“仲平，你我错过今生，是我负你。”她顿了顿，向膝盖前的空碗里又添满酒道：“来生，你便找我来，任你负我。”

说罢，她将碗中的酒一饮而尽。又再添了些继续。

“仲平，你这样的英雄是如何看上了我这样的小女子，我何德何能?”

说罢，又将酒一饮而尽道：“仲平，我方才想起你的容貌，我……竟想不起来呢……怪只怪你平素常板着脸不见真容吧……”

就这样一杯接一杯。

“仲平，你似从未对我说过一句体己的话呢……”

渐渐地，她的声音低沉下去，头也慢慢低落下去。

最后清醒的瞬间，她说：

“仲平，我是真的失去你了吗?”

“仲平，别离开我好吗?”

“仲平，仲平，仲平”

……

栀子花开，经年不再，只道风疾雨重，谁知花心早埋。

有骨如草，日旭而韶，只怕山水无情，怎知木灰成乔。

第十九章　重生之门

刘震南陆续地开始打包行囊，想起昨日在营中的情境，心中仍然有些激动。

秦谦顶了庄则栋的军衔，被任命为第十九路军七十六师二五七团团长，已随蔡廷锴将军撤守至嘉定。而刘震南因作战英勇杀敌无数，也被破格提升为上尉营副。

自国民政府在各方调停下与日本国签订了停战协定，二人本以为战事就此能暂时休止。哪曾想上峰来电，命全军即刻转战江西、湖北、安徽等地剿共。此时正在议事大厅发布命令。

剿共?

秦谦和刘震南彼此对望了一眼，眼神中尽是疑问。

秦谦跟随庄则栋许久，潜移默化中也学得谨言慎行，然而此时他环视了周围的其他团旅长等人许久不见有人发言，却按捺不住向沈光汉中将发问道：“副师长，我们兄弟们都要去吗？上海不守了？日本人不打了?”

沈光汉中将刚因战事获得青天白日勋章一枚，本颇荣耀，但这两日心中也在为撤军一事犹自火大，只不过见那司令也是一样的脸色便知又是委员长亲下的命令，知道无从抗辩。此时听秦谦哪壶不开提哪壶，顿时脸色一青，将手往桌子上重重一压道：“军人的使命是服从，我们十九军军中兄弟，哪个不该听将军的命令？将军既有军令，你我执行便是了。”

刘震南本也有几句关于共产党的事情要问。才到嗓子眼的话，被这么严厉的训斥一下子压了回去不敢再跟进，于是他尴尬地低声咳嗽了一声，用手肘撞了一下前面秦谦的腰，示意他不要再继续发问。

在一片压抑的沉默声中，沈光汉中将注意到了议事大厅西北角的这个小动静，抬眼往刘震南处看了一眼。许是刘震南个头太高，又许是他的脸在众多军官里显得尤其年轻，他不由脸上露出一丝微笑，伸出右手向刘震南的所在指了指点名道：“那个娃娃，你是哪个营哪个连的？”

刘震南和秦谦两个都闻言一愣，秦谦忙不迭地从旁解释：“报告副师长，他是我二五七团下属营副。”

“哦，二五七团……叫什么？”沈光汉中将若有所思地仔细看了一眼秦谦，又看了一眼刘震南。

“报告副师长，我叫刘震南，小名虎子。”刘震南立时站得笔直，一五一十地大声回答。

“哈哈哈哈……”大厅里的众多军官都忍不住笑了。这还是个小孩啊！

沈光汉中将也不由笑了。他第一次见到这么年轻的营副呢！

“好威名！”他情不自禁冒出了一句家乡话。

刘震南被夸得一愣愣的，有些不好意思地看看秦谦。

“二五七团。”沈光汉中将自顾自地又重复了一遍，他似乎想起了什么诧异地抬起头道：“是牺牲的庄团长的部下吗？”

“是！”刘震南充满自豪地大声回答。

“是牺牲在闸北巷战，带领仅余的部下三人，白刃杀敌二十八人的庄团长吗?”沈光汉中将再追问道，声音开始有些颤抖。

大厅中此时嗡嗡地起了交头接耳之声，众军官纷纷向秦谦和刘震南行来注目礼。

“是!”刘震南的眼泪应声托眶而出，哽咽着再次大声回答。

沈光汉中将用高亢的声音动容地赞道：“好！庄团长好英雄！我军中有如此顽奋勇猛之士，乃十九路军之幸！乃民族之幸！乃国家之幸！如今日寇犯我中华气焰更盛，我等理当同仇敌忾为国尽忠，为将其驱逐殆尽，就算他日裹尸沙场又有何妨！我十九路军誓与国家共存亡!”

“十九路军誓与国家共存亡!”大厅里响起雷鸣般的誓师之音，刘震南和秦谦并肩，与这些多年叱咤疆场为保家国浴血奋战的将士们一起流着热泪高声发出这震撼人心的呐喊。

萍知道秦谦和刘震南要随军调往安徽之时，并没有再多说半句阻挠的话。刘震南越大越像昔日的罗震，每说一件事，每做一个决定，总让她不知该如何对应，也不知该如何与他好好说话，于是，她开始变得越来越擅长沉默。

近日来，随着他离开的日子的到来，萍和刘震南之间的气氛也越发紧张了。

此时，她见他认真仔细地打着包裹，自己在旁边竟连一点手都搭不上，不免心火直冒，眼眶也不自觉红了起来。

“你这孩子，你倒是真真的硬心肠，你可真是想走……”她终于觉得自己实在承受不住这份分离之苦，也再端不住这长辈的架子，更骗不了自己爱他疼他的心，“哇”的一声坐到他的行李上不顾形象地痛哭起来。

刘震南本已觉得自己和干娘冷战了多日甚为不妥，现在见她号啕大

哭，不由慌了。他赶忙使出老法往地上扑通一跪，便抓紧了萍的手，流泪道：“娘，娘，你打我吧，儿子不孝！你打我，打我出出气！”

“震南，你一定要回来！一定要回来！”萍紧紧抱住刘震南的脑袋，想到他初来乍到时也是这般一头扎在自己怀里，便心如刀绞，无论如何也收不住自己的眼泪。

又过了好一会儿，待娘俩都冷静了点。萍若有所思地对刘震南说：“震南，娘有件事交代你。”她谨慎地说：“你这次去是为‘剿共’，这‘剿共’可不是打日本人，你得明白。”见刘震南似懂非懂地点点头，她又说：“前些日你姑父来上海的时候我跟他商量过，这共产党现在对外宣传抗战、对内宣传分地，中国现在有很多地方上的人都支持他们，现在的局势如此动荡，日本人的野心这么大，国民党会不会继续和他们拼，真不好说。娘的那个朋友陆雅珍，她就加入了共产党，上次运米时还跟娘说，共产党现在正在其他地方帮助国军打日本人……娘也不知道什么真假，娘也不知道什么道理。你只记住，我们要打的是日本人，不是自己中国人便是了。其他的，你就自己掌握分寸进退，凡事和秦谦多商量。为娘也不知要如何是好。”顿了顿，她补充了一句：“你只要随着自己的心意去做就好。”

刘震南的心头早有此疑惑，现在有了干娘的这番话，竟如醍醐灌顶，心下顿时澄明。他大力地点点头，坐起身捧着萍不复细滑的双手道：“放心吧娘，我知道该怎么做了，我一定会平安回来的。”

萍闻言甚是安慰，她伸手从怀里掏出一枚珍藏多时的玉锁，那玉锁似团子大小，雕工极其精细，在灯光下通体晶莹剔透折射着彩绿色的光环，往刘震南的手心里一放破涕为笑：“你定要回来凭这聘礼将珍珠儿给娘娶回来！”

短短的一年里，刘汝熙老了很多，这不单是因为儿时伙伴、同窗挚友庄则栋的死，更是为了刘村所遭遇的两次巨大的危机。

自萍常驻上海以后，刘汝熙就理所当然地扛起了照顾小村老少的大任，村里的财政自萍走后，一直在他努力的管理下，虽因战乱每年收入不断有所下降，但村民始终不似其他村落般有米粮之忧，几十口人勉强算得平静度日。

七月中旬的一个清晨，村口的大钟再次发出久违的巨响。

刘汝熙从床上翻身而起，习惯性地去取墙上的宝剑。这个新的习惯是自刘戌高闹事那日后养成的。

“你快抱着珍珠儿去磨坊，沿途将村里年轻的媳妇和年幼的孩子都带上，进去了不得出声，就一直等我回来，我若不回，你们便一直藏着，不要现身!”他大力摇醒了妻子，一字一句地吩咐着。

妻子十分懂事地看着他发青的脸不住地点头，一边飞速地穿上了衣物便抱起睡在边上单人榻头的珍珠儿冲出屋去。

临出门的瞬间，鬼使神差地，刘汝熙又将宝剑挂了回去。

他强自镇定了几秒，觉得心跳渐渐恢复到正常的频率了，便整了整衣服大步向村口走去。还未到村口，远远听到有狗发出凄厉的惨叫声，他一个箭步冲上前去，只见大黄被一个日本士兵用军刀高高地挑在空中，蹬着双腿拼命挣扎。

“放开它!”他的胸口一阵热血上涌，但见大黄听到他的声音努力望向他，声音呜咽着竟似在对他流泪。

“哈哈哈……”围观的日本兵们阵阵狂笑。

还未等他回过神来，又有几个日本兵又踢又踹地将黑子、丫蛋、牛蛙等这几只狗聚拢起来，为首的一个白白胖胖的家伙端起刺刀瞄准着它们做恐吓的样子，吓得几只狗惊叫个不停。

被日本人扔在刘汝熙身边的大黄此时本已奄奄一息，见状奋力地龇了龇牙，却由于肠子已经被挑出，血流如注。它临死前最后舔了一下刘汝熙的手，仿佛在求主人救救自己的孩子们，不过几秒便蹬了蹬腿死了。

刘汝熙的头上青筋暴跳，几十年来他从未有过杀人的念头，可是今日他眼瞅着这群日本人如此暴虐冷血，更有人竟靠在古老尊贵的牌坊边旁若无人地便溺，便似杀心大起，暗自思忖着要如何将他们处理。

定下了自己的主意后，他大口地吸了口气，缓缓从大黄身边起身，走向军官打扮的一个细眉细眼的日本人，慢慢地说："你好，请问你们来我村就是为了杀几只狗吗?"似乎听得懂，不轻不重的这句话却让这个军官顿时惊醒似的对着狂笑的几个士兵严肃地一摆手，那几个家伙顿时安静。狗儿们见无人再赶遂飞快地四下逃窜而去。

"啪!"清亮的枪声响起，仿佛感知即将到来的大难临头，远处树林里的鸟儿呼啦啦地应声惊飞，天空中愁云一片。

刘汝熙的左腿上中了一枪，他却紧咬着牙关仍然站立着。

那开枪的军官颇有些吃惊地向他走了两步，停下仔细看着他的脸。

这个阴郁的军官是个少尉，名叫羽田大冢。是为了从淮北、淮南接应准备在8月攻打上海的主力的侧翼部队下的小分队之一，他进刘村只是为了顺路劫些吃食，并不敢在此多待，怕被少佐发现，故而带着自己的小队出来得极早。他因年轻时私塾上课时曾经研习过中文，故而刘汝熙的话基本能听懂，而他确也提醒了他们此行原来的目的。

"好……"他拖着长音用生硬的中文对勉强支撑着自己身体不让倒下的刘汝熙说："你，带路，我要，粮食!"

刘汝熙闻言不由得放下心来，他早就对此有所准备，除了西北角有一个隐秘的备用粮仓外，东北大仓的储备也早被他转移到了磨坊大半，剩在大仓的食物就算全都被抢走都不会对刘村的人产生太严重的影响。他对羽田大冢摆了摆手，做出跟我走的姿势，便一瘸一拐地向东北面而去，在一旁的村民们此刻立即有几个老婆姨跟上来抢着给他用自己的手绢勉强扎了伤口，又让几个老爷叔左右扶着，一行人带着日本兵们向粮仓走去。

羽田大冢祖上是日本武士最低的补缺下士出身，虽然明治维新后日本不再以武士治国，人的身份对外宣称无分高下。但实际是，他参军后苦战了多年战功显著，却迄今仍然是个少尉。这多少是因为祖上武士上士出身的上司野宫幸之助明里暗里地压制和从中作梗，念及此，他心中常耿耿于怀。故而常带着手下以巡视为名外出游荡，借以发泄心中的怒气。

他此时跟在刘汝熙身后，见此人临危不乱，中枪还能强自站立，又得众人用心维护，不禁心中有感，这样的人在他们部队曾经踏平过的土地上，是不多见的。

“你家的人，在哪?”他突然用中文问走在前面的刘汝熙。

刘汝熙一惊，思索着怎样回答又安全又能止住他的疑心，一时竟答不上来。

几个爷叔闻言也是一惊，正扶在刘汝熙左边的二耿叔担心地看了看他，不知他会怎么回答。

“在娘家。”刘汝熙横下一条心，如若这鬼子死活要纠缠到底，搜屋毁村，我刘汝熙今日定与他们拼个鱼死网破!

羽田大冢见他故作淡定言辞却简单聪明，便心下了然。但不知道出于什么原因，他竟颇为欣赏。他再次看了看刘汝熙似笑非笑又似怒非怒的脸，心里猜测着此人的出身，又问道：“你，什么官?”

刘汝熙淡淡地自嘲道：“一介乡民，何官之有?”

“你，读过书?”他再问。

“粗学一二，非白丁而已。”

“不，不，不”，犹自不信地羽田大冢摇了摇头，再问道：“你，你家有钱?”

“在下确是商贾之家出身，小本生意。”刘汝熙心下一惊，这日本人竟能全部听懂他的话且一再追问，真不知是何用意。

“原来如此。”羽田大冢点点头，并没有再问下去，不知怎么他想起了远在长崎的靠着和英国人做些小生意养活了自己的父亲大人和被村里的松本太郎强娶去的妹妹多加……

于是他说了最后一句话，便放过了刘汝熙。

“快走!”

看着日本兵们推着满车的鸡鸭鱼肉和米粮高兴地离开村子，众人终于放下了心，几个姨娘忍不住害怕得哭了出来，爷叔们也四肢瘫软着围坐在刘汝熙身边半天没有人发出声音。

刘汝熙此时才觉得左腿已经毫无知觉，情知这左腿已废，但想到羽田大冢临走时看他的眼神，心里却隐约呼道“阿弥陀佛”。他不知是什么给了这个日本人一晃而过的善念，还是什么原因阻止了他的恶念，总之，他后怕得冷汗直流。手无寸铁有时未必是坏事，譬如今天，他的直觉告诉他如果他提着宝剑出门，不但是他，全村人或许此时都被屠杀殆尽了。

其二，是长江大水灾引发的难民。这一拨人让刘汝熙应对更是艰难。

首先，这些都是浙江地区的百姓，有的甚至是早年的同乡人。光这一点就很难让人拒绝。其次，他们的需求并不比日本人低。早有听闻灾区各地因食物短缺，某些地区竟有易子相食的惨无人道之举，刘汝熙故而未敢空仓，只好任由他们蝗虫般将最后剩下为数不多的米粮全部消灭。这些难民的人数加起来有刘村村民三倍之多，没人敢阻止他们。

刘汝熙见到萍的时候，就这样将这几桩事喋喋不休地说了许久，怨愤、愤恨之情满溢。直到他说完停下喝水休息，萍都不敢打断，心里的愧疚随着他的陈述不断加深。

“冠年兄，你受苦了。”她难过地看着刘汝熙的拐杖，想到他为了拯救村里的老少妇孺不但残疾还险些丧命，既感恩又自责，一时间百爪挠心。

“这些年多亏有你，不然我将如何自处。”几十年的岁月里，他对她的守护、关照、宽容、支持，她都一一看着，一一记着，一切洞若观火。

“别，你我之间无须言谢！”刘汝熙朗声说道：“一条腿换几十条人命，怎么算都值了。”

“我打算将这店盘了，这里现在是公租界的日本人掌握，以前买房的时候他们几乎不在此处往来营生，没想现今满街的日本人，我看早晚他们要将附近的地块都占了去。”她看了眼他，见他默默地点着头，于是又说：“我打算搬到蒲石路去。那里洋人众多，开一个餐饮的店面应是很合适的。”

“杜美路如何，我经过时觉得很是安静。洋人喜在安静的地方用餐。”刘汝熙建议道：“且我估计租金应该比蒲石路的便宜。”

一似当年第一次在上海买房，萍和刘汝熙开始用脚丈量法国人聚众的公租界地块。

法租界内的这个地块大概是上海最热闹的区域了，街上到处都是金发碧眼的洋人。尽管萍也曾在南京没少和洋人打交道，但这么密集地与他们擦肩而过还是令她有些吃惊。她早知上海开埠已有几百年，只不知竟有这等繁华。正当萍和刘汝熙为一家店铺前贴的转让告示上的高价咋舌之时，有人突然在她耳边喊道：“噢，我的上帝，简，是你吗？”

萍刚应声转头，就被一团香气包围，有一双软嘟嘟热乎乎的臂膀热情地将她环住了。“朱莉女士!”萍又惊又喜。刘汝熙素来知道萍极其能干,无论家务女红,农活记账,里里外外都是大能。今日第一次见她还会说洋文,更被惊得目瞪口呆。

朱莉夫人的出现,给萍的生活一个崭新的起点,让她从对日本人大批登陆上海的恐慌中暂时释放了出来。

由于南京战乱严重,朱莉夫人和早已卸任的大使很早就搬来上海,准备半年后回国安度晚年。听萍侃侃而谈着自己的开店计划,朱莉夫人不住地点头,边上的刘汝熙丝毫听不懂两人的谈话,只得在旁看着这位看起来颇高傲的洋女人不停地说着:“唯一、唯一。”

再次被朱莉夫人拥抱了告别了以后,萍陷入了一个人的狂欢。

朱莉夫人的慷慨提议,使得正因这里场地租金巨贵而烦恼中的她有一种柳暗花明的感觉。作为股东投入资金,在兰心大戏院边上让她拥有自己的咖啡厅。这听来简直像神话一样不可思议。

萍自顾自地为这突如其来的好运暗自高兴之时,刘汝熙终于打断了她的臆想。

“你是说,那位太太愿意出资给我们开店?”刘汝熙半信半疑地问道。

“是的,她马上要回法国去了,所以她不会干涉我们的经营,一切都可以按照我们的设想自由操作。”从萍的语气里刘汝熙嗅到了一种许久不见的快乐和兴奋,受到了感染,他也高兴了起来:“那,那我们要接受吗?”

“当然。”萍从容地点点头说:“当然……这可是今年最令人高兴的消息了。”

“我相信你,相信你的能力,相信你这个人,所以我要投资。”朱莉夫人的话在萍的耳朵里回响,多年不见的异国友人对自己的这番信任和评价，令萍十分感怀，久久不能平静。

“我一定会加倍努力，加倍成功的。”她默默地对主宣告了自己对新生活的承诺。

萍的面前堆满了成卷的壁纸。为了选花样，她已经彻夜没有休息了。

此刻她站在拱门的落地窗前，路灯弱弱的光照进咖啡馆的近五十平方米的大厅，将她与桌子揉在一起照成了一块墙上的黑斑。

她看着趴在窗前沙发上呼呼大睡的狗子，无可奈何地苦笑了一下。这孩子……越长越清秀，远远地看去，岂不就是当年她在刘村初次见面的刘世庭的模样？而他的性格，也和虎子截然相反，总有种软弱的感觉，叫人好不担心。

萍的设想中，一家咖啡厅是远远不够的，她只是想通过这个咖啡厅，认识更多的国外商人，最终成立自己的通商商社。

这个大胆的想法，是她第一次为陆雅珍采购药材的时候萌生的。有更多自己的货源，更低的价格，更好的服务，她自信一定能在上海这个黄金大世界里找到自己的立足之地。为此，她已经准备了很久，譬如刘村的茶园一直以来耕种绿茶，但英国人喜欢的是红茶。她为此回刘村时和刘汝熙额外花了整整两周时间在周边村落寻找适合耕种红茶的茶园……

战事正热，陆雅珍每次来要的药材里必有三七、红花，听说这类药目前是违禁品，没有许可证不得擅自贩卖。萍因此感到如能拿到这类药品的采购权和贩售权，将必带来巨大的收益。想到这些的时候，萍不由不承认自己骨子里流着商人的血液，就算是所谓的禁令也不能阻止她想要经营的念头。

机会总是留给有准备的人。

就在她摩拳擦掌之时，居然有人在兵荒马乱中相信她对于未来的期许

愿意投资，这种巨大的认可和支持令萍感动之余更加充满信心。想到这里，她不由意识到，如果没有神父，她根本不可能结识朱莉夫人……难道这一切竟是主的安排？

朱莉夫人投资的三千银圆和刘汝熙从地里启封带回上海的几十根金条在翌年的春夏之交，成为了萍实现人生梦想的第一桶金。而这一桶金，再次改变了她看似已经不会再有变化的人生。

第二十章　炮弹鸦片

这已经是一天里上海上空第八次响起防空警报了。

码头被炸得厉害，完全不能用。而陆上各个领馆都在加强盘查，陆雅珍急得焦头烂额。她想到了萍，站起身来刚想摸手边的电话，却又犹豫了。

头上的水晶吊灯犹在因刚才新一轮的轰炸颤抖个不停，仿佛随时随地都会落在地板上砸个粉碎。她紧紧地攥着自己的蕾丝手袖，心里异常的不安。

加入现在的党支部已经多年了，对于自己如何会从同盟会的一员变成了共产党员一事，其实她迄今自己也都不是很明白。混混沌沌中，她跟着革命党的老同学进入上海，从一个挥手高呼“打倒袁世凯”的女学生摇身一变成了一个搞着秘密军用物资运输的共产党干部。这一切，都像是一场梦。

有时看着家里的螺旋状扶梯，靠在墙头的德国立式钟，阿姨端上来的法国面包房的精致糕点，她会产生一种不真实的羞耻感。这种羞耻感究竟

是因为她不配于共产党身份的生活方式，还是源自她多年对父母的党员身份的隐瞒，她自己根本说不清楚。

这个月的下旬，又有一批药品和粮食需送往淮北。但是四处关卡收紧，她通过父母在商会平时的关系竟拿不到通关许可，为此她愁得一筹莫展。

外面声音逐渐平息，她下意识地抬起头看了看钟，终于下定决心起身出了门。

萍把药房最后一批存货转移到咖啡厅后，坐在巴洛克风格的白色扶手椅上端起了一杯茶。虽然到上海多年，她还是不习惯咖啡的苦味，作为茶商的女儿，她对于茶情有独钟。

此时，彩色的玻璃门被人急促地敲打着发出清脆的声音。萍下意识地看了看壁炉边的暗格。暗格里是庄则栋留给她的一把黑色的德国制小手枪。自从日本人全面进攻上海，洋人们回国的更多了。狗子虽进不了著名的公学，倒也因乖巧懂事被隔壁戏院的洋账房收入门下成了学徒，总算有些正经事情无须自己操心。但街面上越发混乱得令人心生不安，尤其是今天自己所有的家当都已经转移到了咖啡店的仓库里，让人不得不对周遭的一切都更在意。

“眼下时局动荡，各个关卡查得那么严实，我实在是想不出办法，我知道你和洋人领事熟悉，能不能动用一下那些关系给我开一张许可证出来?”或许自知勉强，陆雅珍颇不好意思地搅着手袖，低着头说：“我知道自己总也麻烦你，可是这件事情真的只有你能帮我了。”

“雅珍小姐，”萍像往常一样淡然地笑了笑说：“你也知道难了，我只得试试，不能做任何担保。况且你这货中又有禁运之物，万一被查，我这店才开张就怕要被关张!”

话音不轻不重，但言辞却颇严厉。

陆雅珍不由将身子向扶手椅里缩了缩，又道：“这批药材是送往淮北支援医疗前线战士的。”她的声音逐渐高亢起来，“前线将士缺米少粮，浴血奋战，只为保家卫国，如果连这点事都做不了，我这管后勤的岂不失职！岂不愧对抗日将士?”

“雅珍，恕我直言。”萍安抚似地拉住陆雅珍的手，看着她一双热切的黑漆漆的大眼瞳恳切地说：“我定会尽力帮你，只是这工作对你而言未必也太危险了。我是真的担心你!”

“萍……”陆雅珍从萍的坚定又温柔的眼神里读出了关怀，读出了同窗情谊之外的朋友之情。她不由热泪满眶，紧紧握住萍的双手，激动之下说：“萍，加入共产党吧！来成为我的同志!”

萍闻言迅疾地将手从陆雅珍手里抽离，斩钉截铁地回复她道：“莫再提此事。雅珍，我儿震南在国民党麾下拼死拼活，我每日担忧已是痛苦不堪，更勿论战争本非我所愿。我只是一介草民商贩。并没有你这样的高远大志，请莫再提了!”说罢，留下陆雅珍独自一人上楼去了。

话虽如此，萍并没有违弃自己的承诺。

十一月下旬，陆雅珍的车队顺利地从上海出发了。她手里紧紧攥着萍给她的通关许可，揣度着萍是如何的神通广大，想到她孤身一人在上海，却还能在这么严峻的情势下帮到自己，心里便感慨万千。

她不知道，为了她车上那一箱给重伤员使用的鸦片，萍自己竟染上了烟毒。

尽管有着公使夫人和大使亲笔签字的两封信，还是迫于日本人必须严查的淫威，公租界的捕头不得不命令萍开箱验货。萍的眼皮从那天早晨开始就一直狂跳不已，她心知今日总有事要发生，只是不知道等待她的将会

是怎样的凶险。

“你们，把下面那个白色的箱子打开！”随着一声令下，压在货物中间安置得最隐秘的一个白色抽屉大小的药箱被强行打开。

为首的军官狐疑地凑上前去闻了闻，并不知道是什么东西，于是打里头拿出一小盒来，问萍道：“这黑乎乎的是什么？”

“这……”萍一时间语塞，她脑子里迅速地回想着陆雅珍交给她的货单，一个名字清晰地跳了出来。她观察着那捕头的神色，情知无法蒙混过关，便急中生智说道：“这位您过来一下。”

单独和他到了隔壁小间，萍从袖管里拿出早就准备好的一卷银行券，往桌上轻轻一放说：“我也不瞒您，这小盒子就是店里这次最重要的出货，这盒鸦片膏是我托人从英国带来的，给内地的贵客用的。您看，能不能让我们过了？”

军官“嗯”了一声，上下再次打量了一下眼前的妇人，只见她头发干净整洁却并未像时髦妇女般烫发，身着灰绿色的旗袍，眼波清澈，脸颊圆润，为人看着颇精明却并没有一般商人的圆滑痞气。再看看桌上的银行券，他犹豫了一下，画蛇添足地问道：“这个，究竟是用来吸食的还是用来做药的？”

问到关键问题了，萍的心里咯噔一下，一时无计可施。

她想了几秒，下定了决心，旋即从军官手里拿过圆盒子，做出熟练的样子用尾指仔细地挑起了一指甲盖的鸦片膏，毫不犹豫地往自己鼻子里一送，用力一吸说：“好不容易从国外进的货自然都是上好的，不卖贵点怎么行，做药可惜得紧。”

她一边说，一边紧紧地抓着桌子，勉力控制着自己摇晃的身体。只因她吸的其实是医用的生鸦片且是第一次吸食，所以她顿感头晕目眩恶心不已，但为不令人起疑，她仍自微笑着，不仔细看并无破绽。

军官看着她吸食鸦片顿觉放心，且见她脸泛红云，一时不知该如何，便不自觉尴尬地往门口一退说："好，好，那便没事了，兄弟也不是不开化之人，不挡您和各位洋人老爷发财。"快走到门口，又想起桌上的银行券，一把抄起对着萍说："彼此方便就好。"

到了刘震南和秦谦迎着朝霞偷偷翻过关卡回到新家的时候，再看到的萍不复丰满，面色如蜡。这张脸和着咖啡厅昏暗的灯光，看着尤其吓人。

刘震南将行囊往地上一扔，脸都来不及擦便冲上前去握着萍的手说："娘，你怎么了？怎么了？病了吗?"

这几日看着窗外雪花轻舞，转眼已经到了上海的春寒最甚的时候，萍的幻觉越发重了，她鸦片成瘾已有好几个月的时间，经常眼前见到过往的人和事，一日要吸上十多次，不吸的话便头疼欲裂有种生不如死的感觉。此刻见到刘震南，也极反常态地看着他，眼神空洞没什么感情。

"回来啦……回来好……"她模模糊糊地说。

"娘，我是震南啊！您怎么了！"一边紧张地给她搭脉，一边见她表情木然、讷言如斯，刘震南心碎难忍。他万分不解地问秦谦，"哥，这是怎么了？我娘怎么会变成这样？我不曾记得有什么病会致此！"

秦谦虽在部队多年，却并不曾见过有人如此失魂落魄的样子，他嗫嚅着十分没有把握地说："这，这，凭你的医术竟也不知……怕是要你师父来才能看。"

最后一次回刘村，没想到竟是以这样的面貌。

除了刘汝熙经常往来上海，刘村的男女老少已五六年未见到萍和她的儿子们了，此时瘦弱不堪的萍被两个儿子一左一右扶着回到刘村，令刘村的几十口人都沸腾了。

刘震南已浑然是个西北壮汉的模样，好不容易在儿时养白的肤色现看来比来刘村时更黑了，身高已然高过刘汝熙一头，肌肉结实目光炯炯，穿着灰蓝色的军装神采奕奕，十分威猛。相形之下，刘珩瘦弱纤细，皮肤白皙，文质彬彬，身穿一套浅灰色的呢子西装站在萍身边，身高竟相差无几，一眼望去简直就是二十年前刘家大少爷的活人翻版。

二耿叔是第一个冲到村口的。

自从他带着刘戌高到刘村，眼见已是十多年，今日再见大小姐竟是脸如枯槁，气若游丝，他兀自以为是那刘戌高将萍气坏如此，故而心下直觉得对不起已故的老爷，于是扑上前去跪在萍的面前老泪纵横。

萍的意识本来一直模糊着，她时而觉得虚弱至极，时而又觉得兴奋异常，为避免刘震南察觉，她将鸦片盒子偷藏在自己的梳妆盒内，料定一般男子不能发现。她也自知绝不应如此，这鸦片是要断送她的性命，可她竟自被总是出现罗震和庄则栋幻象的幸福感所诱惑着无法自拔。此时被二耿叔一跪，她瞬间认出了故人，或是近乡情怯，她不由得也膝盖一软，一屁股坐在了祠堂门口的青石板上。

刘汝熙带着家小赶到大屋的时候，大屋已经被村民围得水泄不通。

只见讫莱鲁把脉多时仍愁眉紧锁，他不由私心里觉得事有蹊跷。将众人赶走后，他问讫莱鲁：“你看少奶奶的病是急症还是……”讫莱鲁沉着脸看着在榻上紧闭双眼的萍打了个手势，刘汝熙赶忙递上纸笔。只见他在上面飞快地写道：“中毒。”

刘汝熙见字大惊，挥手示意讫莱鲁退下，见左右都已无人，这才缓慢地对着萍说：“你且睁眼吧，现在只有我在。”

于是萍果然睁开了眼。

“你是怎么中的毒？”刘汝熙直截了当地问道，眼睛紧紧地盯着萍，他知道萍素来饮食干净小心，绝无食物中毒的可能，而她时而兴奋时而颓靡的样子早让他起了疑心。

“我……”萍的脸烧得通红，在刘汝熙面前，她就像一个做错了事情的孩子。撒谎尤其的困难。她不敢看刘汝熙咄咄逼人的眼睛，只得指了指自己带来的红木梳妆盒。

虽然刘汝熙已有所猜测，但是看到描画着一对雀儿的锡盒子的时候还是一惊，他盛怒之下颜色大变，却又想到萍的素性绝不该如此，先是倒吸一口冷气，再后按捺住自己柔声道：“果然。为何如此？什么时候开始的？”

“冠年，我知是错了，你也别究其原因，总之我有我的苦衷。”萍垂泪道。

“你的主呢？你所信奉的主允许你这般自暴自弃吗？”他的话似一把尖刀血淋淋地刺进萍的心里，让她猛然意识到自己已经许久未和主说过话了。

“你经历如此诸多磨难都能一一挺过，怎么今日竟倒在一盒毒物之上？”他激动不已，想到庄则栋的死，更是万分悲痛，“若仲平还在，怎见得你今日这般模样！”

“仲平……”萍闻此名，突然两眼放光，喃喃自语道：“仲平……我昨日还见着他了，他问我咖啡厅的窗帘有没有换呢……”

见萍又开始陷入到自己的幻象里去，刘汝熙大急，他左右抓住她的臂膀拼命地摇晃她道：“醒醒，醒醒！这毒必要断，必要断！”

夕阳歪歪斜斜地落在纯棉织就的枕巾上，映着萍的脸一如既往的温暖恬静。刘震南和刘汝熙低沉着呼吸日夜不间断地守在她的床前已经十多天了。

这些天里，简直形同与一头野兽在搏斗，饶是两个男人也差一点控制不了她。每到烟瘾起来的时候，她便流着泪尖声叫着浑身发抖，不是想拿头撞墙就是在地上不断地打滚。这阵仗就是见惯了战场的刘震南也看得触目惊心，他丝毫想象不出他的干娘竟有这样大的力气，多日如此少睡少食竟还能甩开两人。

每当这样的时候，除了流泪，刘震南做得最多的事情都是紧紧将干娘抱在怀里，任由她拳打脚踢，任由她在自己的胳膊上用力撕咬。

看着终于逐渐安静下来的萍，刘震南对视了一眼刘汝熙，两人都各自狼狈不堪，于是心照不宣地苦笑了一下。

第二十一章　香江梦断

萍四十九岁生日的那个夏天，日本人已经打到了洛阳，占领了黄河北岸所有的渡口。而跟所有城里人被轰炸得如丧考妣不同，乡下的人担忧的更多的是天上的雨水和田里的麦子。

听说河南大旱，为了应对随时可能卷土重来的蝗虫、干旱和饥荒带来的中原地区的难民。刘村的村民们在刘汝熙的号召下，开挖了超大的地窖，屯备了土豆、大米、红薯等大量的粮食。又加大了外部的粮仓，准备接济灾民。

果然，越年面才吃不久，陆陆续续地从中原地区仓皇而来的难民都开始接二连三地到达了江南各地。然而，这些顺着津浦铁路向南方逃亡的人似被饥饿驱使得早已失去理智，进入城镇村舍后，似野兽般四处抢食，轻而易举地打乱了刘村的秩序，令刘村的人防不胜防，为保护本村的最后一点粮食而疲于奔命。为防止暴乱，刘汝熙无奈之下，只能让仅余的男性村民拿起了武器，每日在牌坊、鬼屋、粮仓等处巡逻以备不患。

幸运的是，就在这一切发生之前，刘震南（虎子）和刘珩（狗子）都

各自娶妻成家了。

十九路军莫名被解散后，刘震南和秦谦都获批分别调回至上海多时。此间各国的领事和商人常在萍的咖啡厅里集聚，而她的申丰洋行在公租界内已经小有名气。

她从鸦片膏的盒子上得到了灵感，为自己生产的红茶特制了一批洋铁盒子印上了“申丰洋行”的商标，金黄色的盒子上还系着宝蓝色的绸缎，背面分别印着扑克牌一样的不同风情的上海旗袍美女的照片，这些颇有意思的小设计为她的茶叶迎来了大量的国外订单，极大地弥补了因国内战事严峻而凋零的绿茶生意。此外，她开始频繁地在上海的教会走动，在广为熟知的同时，收获了许多对生意有用的信息，她开始着眼可以种植更多茶种的土地的采购，以便更大地降低成本获取更多收益。

上海自作为通商口岸以来已近百年，又有各国驻扎公租界，故此交通商贸已经非常顺畅。这使得得到法国前公使支持的申丰洋行的所有运输通道即使在国事动荡中都比其他港口通畅。可以说，到了两个儿子结婚时，萍和刘汝熙的财富已经积累到了当初的十倍有余。于是两人除增加了常规维持刘村的开支，连刘村人共有房屋修缮和公共账目的储备逐渐翻倍，因此刘汝熙在刘村的威望更盛，至萍宣布常驻上海，而将刘村大小事物全权交托他之时，村民再无异议。

刘震南和珍珠儿婚后不久便经过萍的授意回到了刘村。因单就十九路军被解散一事，早令他极度不满。对于日本人在中国的鲸吞式军事行动，他更理解不了，为何几百万国军对付不了区区几万日本人，况且不是还有共产党在参与侧面攻击吗？

至于剿共，那他更是完全提不起精神来，这也是他仕途停滞不前的根本原因。当年那个和庄叔叔一起杀敌杀得眼红的刘震南已死，剩下的是不知前途如何，对于现状心灰意懒的刘震南。故此他一心只想归隐田园，而这正好遂了刘汝熙和萍长久的心愿。故此，他婚后就随珍珠儿回到了刘村，重新拿起了笔，支起了药灶，终于接过了父亲罗震的衣钵，成了一名大夫。

四月初的某天，刘震南收到秦谦的通知，指上峰特命他加入军统特别小组行动队。初收到信件，他是颇不以为意的，莫说新婚燕尔，就是现在升他十个军衔也不能换回他从医的决心。但是秦谦接二连三地发来四封加急信，让他心思大乱。

夜凉如水，锦被如虹。珍珠儿如今已是年轻少妇的年纪，却依旧水嫩标致地一如十六岁的女娃娃。她上身只在兜肚外披着件水色的小棉褂子，光滑的手臂环着刘震南的头颈，不停地对他撒着娇，那样子和儿时互相的打闹无甚区别。

“别去，别去嘛!”她噘着嘴道。

“嗯，我自己也不想去。”刘震南嘟囔着，眉头紧皱着：“可是秦大哥说这是最后一次任务，只要完成了任务，我就可以顺利卸职，上面批准了。现在到底只是休假而已，我可不想再回去打仗了，所以……”

“可是，有危险吗?”珍珠儿的大眼睛一眨一眨的，充满了机灵劲儿。

“……没有……”刘震南骗她道。

“骗人!”珍珠儿拽着他的大耳朵，“你骗人，你一骗人耳朵就红!”

唉……刘震南在心里暗自苦笑了一下，果然是青梅竹马。

“那你不许去!”她捉着一对粉拳不停地打他道。

“可是……”刘震南一时不知该怎么办，灵机一动哄她道：“我们找爹商量商量去。”

在刘震南的心里，刘汝熙的地位极高，他既是自己的师父，又是村里

的村长，还是干姑父，现在更是成了自己的岳丈。所以遇到任何事情，只要有他在，刘震南就有了主心骨。

而刘汝熙果然是最了解他的人。

“去吧，我知道你庄叔叔去后，你一直有恨不得报，有志不能伸，憋屈得很！”刘汝熙破天荒地用萍带回村的英式茶具喝起了红茶，看得刘震南颇为眼馋。

“你也尝一块。”他指着桌上的老大房的糕点说：“蛋糕很不错。”

于是刘震南尝了一大口。

“秦大哥说，这次是真的对付日本人，所以我觉得我应该去。”刘震南嘴里塞着蛋糕含含糊糊地说。

“具体情况虽然不清楚，但说的是去抓个日本特务！”他有点兴奋起来。

“震南啊，”刘汝熙看着他，心中感慨，动情地说：“你且去，抓日本特务是个好事，也算是为你庄叔叔尽点孝心。”言毕，他摸着墙上的剑颤抖着说：“你庄叔叔和我一起自幼习武，如今也算以武报国，他死得这般英勇，而我这故人却不曾为国为民尽半分心力，惭愧啊惭愧！”

“爹……”想起在巷战中为了救自己被最后一个日本人扔过来的手雷弹片击中头部血肉模糊的庄则栋，刘震南不禁悲从中来，泪如雨下。

秦谦将刘震南最后的任务交给他的时候，已在军统服务一年有余，现今整个人变得更沉稳、更坚忍。毛森交给他的任务简单明确，定点消除日本特务“渡边云子”。这个任务一交到他手里，他就想到了刘震南。

四月的霞飞路梧桐茂盛，月光在霞飞路上不断交织重叠，和着行人的身影莫名令人产生一种诡异的感觉。

一个窈窕的人影匆匆而来，向着百乐门咖啡厅而去。

刘震南的手心因等待的时间过长早已汗湿，此时见此身影不由精神一振将帽子向上顶了顶，向周围的另两个同伴打了个响指。

路灯下，看清楚那女子穿着中式的旗袍，并非日本人装扮，刘震南不由愣了一愣，但跟上来的一个人用力撞了他一下，轻声却极其确定地说："就是她!"

眼看着女子已到百乐门门口，刘震南突然用儿时搬米时学来的日文在她背后朗声叫道："哈西鲁拿"。那女子闻日本话惊讶回头，刘震南即断定其为日本特务不假，举枪便射，只听三声枪响，弹无虚发，对方顷刻倒地。刘震南随即和另外二人闪进了夜色之中。

片刻工夫，哨声大作，骚乱声起，日本宪兵整齐的跑步声由远而近。而此时，刘震南已经在萍的咖啡厅里舒服惬意地喝着最新的伯爵红茶了。

萍站在三楼的船舷边看着岸上熙熙攘攘的人群，心里却空落落的，有一种做梦的感觉，仿佛不远千里的香江此行毫无意义。

汽笛声声，海鸥争鸣。

马上就是圣诞节了，为了给英国使馆提供一批节日用的蜡烛和采购江西商人烧制上等瓷器出口英国的石棉，萍带着刘珩到了香港。

这是她第一次漂洋过海，也是她第一次登上轮渡。然而她心里却一直牵挂着另一件事情，所以并不那么激动。

刘汝熙重病。

她从来没有想过也没有问过他的确切年龄，只想着皇帝还在的时候，他年纪尚轻就中了举人，想必比自己要大个十几二十罢。但是当刘村的人马不停蹄赶来报信的时候，她心里顿时就慌了。但是定下的行程无法更改，她只好忧心忡忡地写信吩咐刘震南多加照顾，自己日夜兼程赶到了香港。

虽然怀揣着各种推荐信，香港的采购行程却不如她预计的那么顺利，最后一位供应商她自己没有去谈，全权委托了儿子，也借此考验他独立的能力，但是结果颇令她失望。

他不仅在谈判中处处被动，更因毫无经验显得懦弱没有主见，竟然口头答应对方双倍价格用以采购，回来交代的时候又唯唯诺诺不清不楚，令萍很是不满。然而她又想到，毕竟第一次出门做生意，对他来说一切都还有可能，于是便耐下性子来给他讲述自己过往行商的一些经验。

一方面，儿子逐渐开始上心，日益积极；另一方面，萍却如坐针毡，恨不能即刻返回刘村。

亲眼监督货船装运着货物离港后，萍立刻托人去订购回去的船票。

没曾想圣诞节的前夕刘珩对母亲说："娘，我想留在这里。"

"什么?"萍十分不解。

"戏院的托马斯爵士来之前托我跟他女儿联系，现在我联系上她，她说要到 1 月份才能从英国回到香港。既然我答应了托马斯爵士，我想，我想等伊丽莎白小姐到了再陪她回上海。"

萍闻言呆了许久。

儿子在她心目中，一直只是个孩子。她似乎从未想过他会有自己的社交圈和自己的想法，甚至于自己的人生。她突然意识到，在自己的生命中，从来没有给予儿子足够的关注和了解。顷刻之间，她看着眼前的陌生人，羞愧之感犹如排山倒海而来。

"我竟不知……"她抬起手抚摸了一下儿子的脸，低声说道："儿啊……你长大了……"

许是太久没有和母亲如此亲昵，许是太多年受到忽视被刘震南的光芒掩盖，刘珩的眼角湿了。但是太多年没能说出的话，迄今更无法出口，他哑了哑喉咙像是提醒似地应道："娘，我都有媳妇了……"

萍看着他温柔的眼睛，恍惚中看到刘世庭的影子，这个影子里只有初见时的温暖和情谊却全然没有以后的血雨腥风。她就这样呆呆地直直地看了他很久，直看得刘珩不好意思起来。

"娘，你怎么了？"

萍的心里此时已是泪流成河，她想着自己这几十年的岁月，想着自己曾经深爱过的那些人，想着今天孩子们幸福的成双成对，便在心里忐忑地画起了十字。

"不，娘不回去了，娘在这里陪你。这是你第一次出远门，娘不放心。"萍又摸了摸儿子的脸。连着被母亲摸了两次脸的刘珩不知母亲缘何今日异常的温柔体贴，只是觉得听了这样的话温暖万分，高兴间两颊竟然红了。

"娘，等到她了，伊丽莎白小姐现在正在湾仔等我。你不用等我晚饭了，我去接她！"好不容易带着对刘汝熙病情的牵肠挂肚回到租住的屋子，萍就听见刘珩急匆匆地边说边出门。"哎！大衣没拿！"萍担忧地看了一眼衣帽架上的羊毛大衣，但儿子已经兴冲冲地走了。

这几日她眼皮一直在跳，虽然未曾做噩梦，却心里不祥之感日重。所以这几日她寝食难安，竟有失眠的迹象，晚上隐约不能安稳入睡。

既然接到了她，就可以走了罢，她想到这里舒出一口气来。不知刘汝熙如何了，困在这里收不到任何消息，真真急死人。

正当萍在为刘汝熙担心的时候，刘珩遭遇了一生中的两个第一次。

伊丽莎白上身穿着一件白色的多重荷叶花边领子的大衬衫，下面穿着一条藕粉色的长裙随风摇摆，一个人离开人群老远，站在码头的最不起眼的角落栏杆边，手里简单地提着一个行李箱，海风吹动着她金色的头发，

发梢上的波浪俏皮地在白皙的脸颊边忽上忽下，她的眼睛注视着海面，蓝色的双眸若有所思。

刘珩突然觉得自己快窒息了。

他不知道如何正确形容自己的感觉，只是恍惚中觉得此时此地的她，是他曾见过的最美的人。正当他迟疑着如何和伊丽莎白打招呼时，突然之间，空中响起震耳欲聋的轰鸣声，广场上的人群顿时骚动起来，刘珩赶忙抬头来看，只见无数架黑色的轰炸机出现在他们的左上空。

“快，跟着我走！”他一个箭步冲过去，猛地拉住已经被惊呆的伊丽莎白的手道：“我是威廉。”

听到这个父亲书信中出现多次的名字，姑娘魂飞魄散的表情才收敛了一些。她慌乱地问：“发生了什么事？”

刘珩右手拉着她的手，左手拽着她的行李飞快地朝桥下有遮蔽物的地方奔去。只听巨大的炸裂声在耳边此起彼伏，前面的人被炸得飞起数丈掉落时候像人偶一样轻忽，地上到处都是碎石残肢，满目血光中，男女老少的哭声、惊叫声不绝于耳。还来不及想、来不及回复她的问题，只听她尖叫道：“空袭！”伊丽莎白又看了看天上的轰炸机说道：“不是日本人！”

听到她说不是日本人的飞机，刘珩诧异地抬头再看，果然最近能看清的飞机机身上是一个徽章形的标示，不是日本的红色丸旗。

逃离湾仔后的数天，在回家的船上，刘珩一直没怎么和伊丽莎白说话，他躲在一边远远地看着她和母亲聊天，听她向母亲描述空袭当场两人死里逃生的样子，看着母亲的脸从白到青，再从青到紫。连着好几天，他脑袋里钻进了媳妇的样子，那温顺可人的脸和另一张精致诱惑的脸互相交错着出现，他于是失眠了。

踏进刘村的瞬间，萍知道一切都为时已晚。

村口的大钟上挽着雪白的麻布，牌坊上缠绕着麻布，狮子嘴里叼着麻布，一切不应该出现的白色都告诉她，她不幸的预感再次变现，错过了见刘汝熙的最后一面。

就像回到了吸食鸦片的那一年，萍突然觉得自己的意识出现了幻象。她扶着冰冷的石狮子坐在地上，根本听不见耳旁刘珩的呼叫。隔了许久，她突然起身，转身便走。刘珩惊叫着拦她不得，只得慌乱地跟着她走。

我面对不了，面对不了。

主啊，请宽恕我。

再一次，她选择做了逃兵。

第二十二章　萍踪雀影

上一批难民撤出刘村之时，刘汝熙自觉浑身不妥。

多少年来，除了被日本人打残的腿，他几乎没有得过什么病。但是这一次，他竟虚弱得无力执笔。数日来讫莱鲁和刘震南不断地给他增加新药，更换药方，但竟毫无起色，这让他不由自主地猜想自己恐怕已经金石无灵，来日无多了。

妻子依旧年轻美丽，刘汝熙看着床头不停垂泪的她，心中也是百般不舍，再看看和刘震南并排傻坐着的珍珠儿，更是心痛。

然而，此时此刻，他最牵挂的人，竟是萍。

他比萍大二十三岁，这些年来亦师亦友，亦兄亦父，两人之间坦坦荡荡，毫无任何心机城府。就连财产，除了两人商定好三分之一留给刘村的族人外，都是共有的。他们之间一切的一切都在共享。想来所谓伯牙子期也不过如此吧！

从老家到刘村，从刘村到上海，从上海到香港，刘汝熙看着萍一路奋斗不息，他只恨自己未能生出两翼来借她高飞。想到自己若先走一步，竟要留下萍一人来面对这荒诞可怕的世界，再无人可支撑，再无人可倾诉，刘汝熙的心都凉了。

他于是开始自怨自艾，一忽而想着自己未能帮着庄则栋早日成功，眼睁睁看着他惨死无法与萍双宿双栖；一忽而想着自己糊里糊涂染上这样的病来眼看就要抛下萍从此孤苦伶仃……他这样每日自责以致病症越发严重，到了萍从香港出发回来的那日，已经高烧不断、滴水不进。

刘家的祠堂近几个月香火旺盛，人进人出，每天都极是热闹。

自从刘汝熙患病的消息出来，刘村的族人和村民都自发地前来祠堂拜祭。他们抱着单纯美好的愿望，希望能使这不明不白得病的人好起来，希望这村子的支柱不要倒下去。然而，天不遂人愿，眼看着刘汝熙一天天地衰弱下去，最后昏迷，整个刘村都陷入了前所未有的恐慌。

刘震南和珍珠儿也不例外。

“爹爹，爹爹！”珍珠儿抓着刘汝熙的手大哭。她不知所措地望着讫莱鲁，见对方一脸茫然地看着刘震南，便又求救似地看向自己的丈夫，怎知刘震南的脸色更为阴沉悲痛，全无一丝希望，她于是更加害怕，转过头趴在母亲身上号啕大哭。

“你看……还有多久？”刘震南抓了张纸写给讫莱鲁道。

“三天……”讫莱鲁迟疑了一下终于还是写下了这两个字。

刘震南的喉咙一紧，差点将笔掉落，他心里此时焦急万分，已经一月底了，娘怎还不回来呢？

一日青鸾过城门，从此凤栖万谷空。

刘村的钟声又一次响彻云霄，天空中飘洒着蒙蒙细雨，村里的狗儿们安静地跟着打着白幡的人们护送着刘汝熙的灵柩经过了安心桥、落子桥、鸳鸯桥，又大费周章地绕着粮仓、洼地、茶园和水磨坊一路经过了祠堂、

耳屋、牌坊，这才绕回到往刘汝熙本家村庄送葬的路线上。

二耿叔的眼睛模糊虽看不清楚什么东西，但他仍勉强觉得绕路，便问扶着他的刘震南道：“我们这行的方向对吗？”

刘震南强忍着眼泪说道：“他们……他们是想让爹离开刘村之前再看最后一眼吧！”二耿叔在刘村已和刘汝熙相处十余年一向交好，日本人打劫刘村之时又亲眼目睹他为刘村废了左腿后更是对他崇敬非凡。现在闻此言再也忍受不住，一屁股坐到地上放声痛哭。

他的哭声感染了整队的人群，所有原来神色凄惨的妇人便立即开闸大哭起来，就连很多回村不久的年轻后生也默默不语地流下了眼泪。

刘震南望着青灰色的天空，雨点和泪水一起在他脸上交织，他又一次在心里呼唤道：“娘啊，你在哪里？”

此时此刻，萍正蜷缩在自己的房间里。她已经三天没有吃饭了。

刘珩为了劝她进一点茶水，突然改了自己沉闷不语的习性，几天里几乎说破了嘴皮子，然而萍的房门始终反锁着。万般无奈下，他只能在店门后挂了暂停营业的牌子，又给洋行的周经理打了几通电话进行了粗略的通知和安排，便整日守在萍的房门口生怕她有个好歹。

萍昏昏沉沉的，接二连三做着噩梦，一会儿罗震面如土色地说她自私，一会儿庄则栋满脸是血地说她绝情，一会儿刘汝熙冷冷淡淡地说她无义……她在这些梦里哭得死去活来。

突然之间，她的耳边不知怎的，竟好像听见刘村的大钟声铛铛作响，猛然就把她震醒了。

她跳将起来，抓狂一般叫道：“珩儿，珩儿！”

一直在房门口坐在地上的刘珩闻声便惊跳起来，用力转动着门把手叫道：“娘，娘你终于醒了！你快开门！”

萍的头发乱蓬蓬的，额头上的几缕发丝因汗水而粘在脸颊边，衣服还是从香港回上海当天的装束，整个人看起来形同鬼魅。

“珩儿，珩儿，你去，去将娘的《圣经》拿来。”打开门的瞬间，萍大口喘着气对他说道。

第二天清晨，当刘珩终于睡了一晚好觉，满心欢喜地端着一盘面包和果汁上楼的时候，发现房门已经打开，萍已经不知所踪。

萍给儿子留下了一封信，信上写道：

珩儿。娘自觉行事不公、做人失义，有愧于冠年、仲平诸兄，故惭愧不堪。本应了断红尘，怎奈娘原非佛门中人，只等我主照我罪疚，赦我有日。今吾儿见此书，当知为娘尘心已断，但情谊犹在，望珩儿、震南勿以为殇。你二人今日起更应奋发意志，虽乱世而不受其累，保妻育儿护村守店，望能够各自成就一番事业，从此家国天下。

娘心弦已断、知音已亡，遂发愿不再经商，天涯海角为主传道，以赎我深罪。从今后自有去处，无须挂心。你二人皆已成家，需牢记夫妻同心。虽娘再不能守护你兄弟二人，亦望你二人从此更加和谐勤勉，手足情深，如此方不负我绝笔之期。

随信附上的，还有关于个人资产的安顿事宜，洋行关张的商务法务事宜以及一张详尽的联系人清单。

战战兢兢地看完整封信，刘珩出人意料的没有哭。他用力吸了吸鼻子，环视四周看了看萍最后一刻待过的这间屋子。

淡绿色的墙纸上镶着一面半身高的白色椭圆镜子，窗口的圆桌上整整齐齐地叠放着他最爱吃的豆沙糕和刘震南最爱吃的老虎脚面包，都用好看的纸包裹得仔细安稳。整套的英国茶具被细心擦拭过，此刻在阳光下杯碟

的银色烫边都在熠熠发光，从外墙爬进白色拱门落地窗的青藤正歇在窗帘边油绿油绿得令人心生欢喜。

所有的一切，既安详又平静。

每家贰百银圆发到手里的时候，刘村本家的族人都惊呆了。一夜之间，刘村的家家户户都成了富户，连其他非刘姓的几户村民和留在刘村的几户难民也破天荒地拿到了他们人生中的第一笔可以称之为财产的贰百银圆。

日本人投降了，前两天他们还在为这个消息通宵彻夜地狂欢，一眨眼，他们就开始为这贰百银圆狂欢不已了。

村口牌坊后的空地上像萍三十岁生日一样，搭起了又阔又高的帐篷。

刘珩和刘震南在帐篷里的一张八仙桌前，一个负责点钱，一个负责发钱，最右边还有二耿叔监督来领钱的众人签字。

几乎每个欣喜若狂的族人来领钱时都问两句话："这是哪里来的钱?""这是谁给我们的钱?"

将申丰洋行转手以后，刘珩委托托马斯爵士给远在法国的公使夫人，也就是咖啡厅和洋行的大股东写了一封退股信，以恳切的言辞解释了所有发生的事件和母亲不再参与经营的原因。虽然其中隐瞒了一些私人的因素，但其措辞诚恳且退股做价金额是原投资的五倍有余，故对方很快回复表示欣然接受。

但想将此事迅速了结却没有他们想象中的那么容易，让两兄弟头疼的，是妻子们对此事的态度。

刘震南的妻子珍珠儿表示这是父亲参与经营的事业，她作为父亲的女儿也有份参与，因为她对上海一直充满好奇，所以她不愿意关闭咖啡厅。

而刘珩的妻子祝氏则恰恰相反，婚前她从未见过刘珩，婚后她从未出过刘村，她就是一个谨小慎微的农村女子，所以她且愿意在乡下待着，却不愿冒险去上海。

这样，事情就变得复杂难办起来。

一方面，刘汝熙之后，能够承担村长之责的只有本村嫡系的刘珩或是深受村民尊重爱戴的前村长之婿，本村远戚的刘震南两人，所以无论如何，理应至少留下一人在刘村。

另一方面，作为本人，刘震南对上海深恶痛绝，誓言永不复踏入半步。而刘珩所学所得甚至近年所思所想之人皆在上海，言必返申。对于他们的态度，他们各人的妻子的想法却截然与之相反，叫人一时之间无可奈何。

受到了这样两份不同寻常的阻力，咖啡厅关门一事就这样搁置下来一直到了六月中旬。

刘珩正在和托马斯爵士聊天，两人的话题慢慢地就转到了伊丽莎白的身上。

“先生，我已经有好几个星期都没有看到伊丽莎白小姐了，她现在在哪?”他试探着。托马斯爵士吹了吹自己的胡子，笑呵呵地说：“她这些天都在教堂，正在为一些事情忙碌。”

“教堂？哪一个?”他若有所思地追问。

“威廉，我想问你一些事情。”托马斯爵士没有回答他的话，反过来问他道：“你对我女儿有什么想法吗?”

虽然和洋人说话直来直去惯了，但是刘珩闻言还是一惊。他连忙拘谨地站起身来，做出鞠躬的姿势说：“对不起，我没有。”还未等他说完，托马斯爵士有些生气地道：“她是我的女儿，所以你不要激怒我。”

刘珩立时呆住了，他脸涨得通红，不敢发声。

只听托马斯爵士又说："你只须告诉我，你是不是喜欢她？"

他不知该不该回答，回答后会有什么结果，于是什么也没有说，只是胡乱地重重点头。

一个钟头后，站在白利南路的耶稣堂里时，他仍觉得心跳脚软不止。

走廊边窃窃私语的女子，祷告殿正襟危坐的信徒。他努力地四处张望，仍没有发现伊丽莎白，于是走到室外的长廊边失望地叹了口气。

"嗨，威廉。"有人突然从背后拍了他肩膀一下，那张美丽的脸庞在他转身的瞬间凑了上来，在他的脸颊边轻轻地一个香吻。

虽然几乎已被吻晕，刘珩还是勉强控制住了心神，往后退了一步，有些尴尬地说："伊丽莎白小姐。"

伊丽莎白似乎也有点不好意思，她踮起脚尖往刘珩脸上看了看，用颇流利的中文说："你在脸红吗？"见他不作声，她悄悄伸出一只手来勾住了刘珩的右臂说："你，是来找我的吧？"

自从在香港被盟军的飞机误炸那天得到了他的及时救援，伊丽莎白的心中就对刘珩有了很强烈的好感。经过很长一段时间的朝夕相处，她更觉得这个中国男人身上具有很多英国男人没有的优点。她眼中的刘珩既腼腆又可爱，既稳重又勇敢，既绅士却不沾烟酒，分明是个真正的中国绅士。现在，她最享受的事情，就是趁他专心工作，偷看他黑白分明的眼睛，看着看着，整个世界都安静下来了。

见刘珩又开始腼腆的沉默，伊丽莎白把手臂圈得更紧了。

刘珩的手臂被她挽着，一种令人目眩神迷的幸福之感汹涌而来。他低头定睛注视着伊丽莎白，那蓝色的大眼睛正对他忽闪忽闪，就像一片温柔的深海令人无比沉醉。突然情难自已，他轻轻说了声："你特别讨人喜欢。"

就在他俩低声甜言蜜语的时候，远处有人默默地看着这一切忧心忡忡。

“娘，我是真心爱上了伊丽莎白小姐!”

没想到日夜思念的母亲回到家的第一句话就是让刘珩和伊丽莎白分手。本来看到母亲的时候又惊又喜，现在闻听此言却又急又气。他对于母亲如何知晓两人之事全然不解，但因害怕母亲的威严一贯的言辞结巴起来。

“为为为什么，娘？你不是也常和洋人交往吗?”他质问道。

“珩儿，娘和洋人交往，那是生意，那是人情，那是朋友之道。”萍严肃地说，“我们是中国人，你看我们的肤色，你看你的脸，你看你媳妇的样子，我们从小吃米，他们从小吃面包……我们中国人自然该和中国人在一起!”

“娘，这……这……又有什么干系?”他辩解道。

“好，好，就算肤色，文化都没有关系。”萍强调着：“那你的妻子，我的媳妇该怎么办？她却在刘村安静地为你守着家，半分错都没有，难道你要去休了她?”

“这……”刘珩语塞了。

“我就问你，自从你们成家，她可曾亏待过你?”萍见他软了一招，便立即逼问道：“可曾不安于室？可曾红杏出墙？可曾恶待族亲？可曾不孝忤逆?”

刘珩本来站着，此时听得此话不由膝盖一软，当即跪下答道：“不曾。她……为人乖巧和善，从不相争，未曾做过半分错事。”

“既如此，你要以什么理由打发她出了这刘家的门?”萍气急起来，不由重重地咳嗽了几下。

刘珩听她咳嗽大惊，却又不敢抬头看她的脸色，颇没有底气地说：“我……我……便告诉她，我喜欢上了别的女子……如何?”

萍看着跪在跟前的儿子，不知怎的，眼前腾地出现了刘世庭的脸，此时听他竟也说出当年刘世庭亲口说出的熟悉话语，不由勃然大怒。

她“啪”的一声拍案而起，一脚把刘珩踢翻骂道：“你这不孝子！竟能说出如此轻薄无状之话，你且要我那可怜的媳妇如何自处？是要她回了娘家从此被人轻视唾弃、生不如死，一个人孤苦残生？还是要她为证青白以堵人口舌是非、干脆上吊自裁白白废了青春性命一条？”

可怜的刘珩瘫倒在地，半句不敢言，只任由母亲咄咄逼人，一时间涕泪横流。

萍见其萎靡之状，更加气不打一处来，兀自强硬地说：“我只说一句，今日回来看你，也只为这一句。”

刘珩心知此事本就无理，现被她痛骂更自知无节，所以便灰着脸一声不吭，此时的他多希望自己能长一个刘震南的胆子，有一副刘震南的口才……

“你若是敢休妻另娶，违逆人伦与那洋人苟合，我与你便了断这母子之情，从此再非家人！”此言冰冷至酷，令人无从反驳。

刘珩麻木地点点头，目送着母亲拂袖而去。

正是：霞光浮影掠天根，晴明犹见紫云沉，玲珑心火俱燃矣，一渠清水注平生。

第二十三章　新的生命

民国三十七年春，刘村的钟声再次嘹亮地响起。

就在同一天的子夜，刘震南和刘珩几乎同时迎来了他们的儿女。萍最早起居的大屋在两个月前就被布置成了产房的样子，院子里晾满了抹布、床单、尿布等准备生产的东西。东西厢房分别安排给珍珠儿和祝氏，两个人的预产期前后只差七天。

三月初三的子夜，珍珠儿先自感到了一阵强似一阵的胎动，后开始流血，因讫莱鲁早已和产婆说好了应需的产程和物品，早就在数天前就教会了她呼吸应对的方法，故此她倒并不特别慌张。相反地，一直到生产前，她还舒舒服服地躺在床上，享受着刘震南在床边卖力地替她按摩。

此后大约五六个小时，珍珠儿顺利地产下一个女婴，孩子长着一头浓密的黑发，手指头又细又长，并不像一般孩子刚出生时的老人样，那小脸儿粉嫩粉嫩得似水蜜桃般诱人。

就在刘震南兴奋非常地抱着闺女端详个不停之时，东厢房的祝氏发出了撕心裂肺的惨叫声，只见产婆跌跌撞撞地冲出来对讫莱鲁不停比画，他想过去问个仔细，却又怕惊了怀中的女儿，只得呆立在原地不动。

少顷，讫莱鲁满头大汗地走了出来，虚脱般一屁股坐到院子中间对他安慰般地摆了摆手。他方才放下心来。

又不知道过了多久，天色逐渐泛白，第一缕阳光照进大屋的前一秒，刘珩的长子出生了。原来珍珠儿此前发出的连绵不绝的尖叫声惊吓到了祝氏，竟让她的头胎早产。

迎着轻柔的晨光，刘震南和刘珩交换着婴儿，逐个打量。

这细长眼睛的女娃娃和大眼睛的男娃娃仿佛错生了人家。

“狗子!”

“虎子哥!”

几乎同时，两人狂笑起来。

“怎么我觉得他俩长反了呢?”

“长反了吧?”

他俩又各自说道，然后再次狂笑起来。

此时，大屋里已经聚集了不少族人，为首的是三叔公家的叔婶们。她们大声地笑着围到两兄弟跟前，争先恐后地要看孩子。兄弟俩见状无奈只得将孩子们拱手送人。两人齐刷刷地向后退到相对安静的后院，并排靠坐在了井边感慨万千。

“你说，娘会回来吗?”刘震南撞了一下刘珩的头说。

“娘会回来的吧。”刘珩不太肯定地说，摸了摸被撞的脑袋。

“她会回来的。”刘震南转了转眼珠子，呵呵地笑着说：“我有办法。”

“什么办法，我连她在哪都不知道。”刘珩有些垂头丧气。

“等孩子们满月了，你带去照相馆给照个相，然后派人送到教会去，娘一定会看到的，看到孩子们，她一定会回来的!”刘震南的眼睛亮着自信的光芒，笃定地说。娘会回来的，他在心里默念着。

然而，满月酒喝完，百日酒也喝完，眼看着要到抓周的时候，萍依旧没有出现在刘村。

出现在刘村的，是秦谦。

刘震南看着他那身自己不太熟悉的装束和肩章，喟叹了好几声。

“大哥，来得正巧，我要给女儿准备抓周宴，你便来了。”

“恭喜恭喜！那我必要讨杯酒喝。”秦谦温和地笑了。

他环顾了一下刘震南的屋子，说道：“兄弟现在是铁了心做郎中了呀！”

“哈哈哈，”刘震南看着满屋子的瓶瓶罐罐不好意思地自嘲道：“也是无可奈何。”

“不知秦大哥此来还有何事？”满月酒那日就给秦谦发过请柬但他并未前来，时隔这么久前来想必不单单为了贺喜罢，刘震南揣测着。

“是，”秦谦盯住刘震南看了许久，才叹了口气说道：“我来是辞行的。”

“怎么说？去哪里？”刘震南心中不舍这位曾经出生入死的兄弟。

“台湾。”秦谦眼眶红了，“自国共内战开始，我在军统收集情报，依令剿灭汉奸、日本特务、共党多时。于今，辽沈、淮海、平津三战之后，我军败局已定，按最高指示，作为曾经的主任，我也有幸随军先期撤出。”

“台湾……”刘震南沉默了。此一去山高水远，此生不复相见了罢……

秦谦从军装右上的口袋里轻轻地取出一只红色的绸袋子，往桌上一放道：“收到你的请柬后我正有军令在身，不能不去处理，所以……这是我托人买的一对小金镯，可当是我对兄弟的祝贺。”说到这里，他的眼泪终于流了下来，“你我兄弟，曾与师座一起奋勇杀敌，以性命相交，今日一

别不知何日再见，只盼你全家往后如今天一般喜乐，余愿足矣！”

黄灿灿的小金镯在桌上被夕阳照得分外刺眼，刘震南一把抱住秦谦禁不住热泪滚滚。就这样，感受着彼此的心跳，拍打着彼此的脊背，仿佛这一刻再难重现。

上海解放了，街上满是欢呼雀跃的人群。

萍好不容易挤过马路，却见对面的咖啡厅拉着窗帘，玻璃门紧闭着没有开张。

她不禁皱了皱眉。

这是她从南京回来后的第四天，无论街上的人如何喧闹，店门始终关着。她不免有些担心起来。收到从刘村发来报喜的照片和满月酒的信息，她曾犹豫了很久，最终还是没有回刘村的勇气，只好买了些上等的毛线，每天给两个娃娃织着毛衣。

六月正是一年中正气最旺的季节，萍对着镜子比来比去，浑身冒汗却还是想不起孩子们小时候的尺寸，她看看手中的毛衣，不由叹了口气，这衣服恐怕还是大了，周岁半的孩子应该还穿不得吧……

屋外有人轻叩窗户，萍不由一愣。

自从返申那天起，她就回到了原来日租界的老房子里打扫收拾，按理没有任何人知道她在这里啊？

“简，是我！”刚打开窗，剪着齐刘海，忽闪着大眼睛，一张熟悉的脸就在她近前欢快地笑着，倒把萍大大地吓了一跳。

“雅珍！”萍惊喜非常。自那年送她发货出关卡，她们已经十多年未见了。

“怎么这么巧！”她问道。

“不是巧！是我派了小同志守着你这药店整整三个月，你才现了真身!”陆雅珍得意地说。“你是刚从乡下回来吧!”陆雅珍丝毫不清楚萍的近况。

“你的头发!”萍恍然大悟的同时，注意到她的头发尖叫了一声。

昔日一头乌黑漂亮的波浪型长发忽然被人绞断，如今只剩齐肩的一头并不飘逸的短发，曾经光洁的皮肤不再，眼角唇边长满了皱纹……仔细打量了一番，萍发现陆雅珍看起来极度陌生。

“这有什么!”陆雅珍咯咯咯地笑出声来，“开门!”

门打开后，萍看到的是个穿着灰色军装和肥大军裤，手里还牵着一个十几岁模样孩子的中年妇女……

“我现在在上海市民主妇女联合会筹备委员会工作!”陆雅珍自豪地说。

“哦……那这……”萍笑着表示替她高兴，同时指了指那孩子。

“这……嘿嘿，这是我和徐政委的革命结晶!”她一如既往的俏皮着，仿佛丝毫不记得自己是个年过半百的中老年妇女。

“你都已经有孙子啦!”进屋不久的陆雅珍看到了萍正在织的毛衣，不禁夸张地叫起来。

望着已是昔日同窗在自己面前仍然像几十年前一样活泼直白，除了样貌装扮，丝毫没有被战乱和岁月抹杀的存在感如此强烈地袭来，萍的眼眶不禁酸了。

尘世浮沉，人事已非。昨日的一切对她而言，究竟是不是一场梦?

“奶奶，新年好!”

一对小娃娃跪倒在萍跟前奶声奶气地磕着头。

萍弯下身子将他们分别抱起，左看右看爱不释手。

“震南，怎么我觉得珩儿的孩子长得却像你呢?”萍又疑惑又惊奇地问

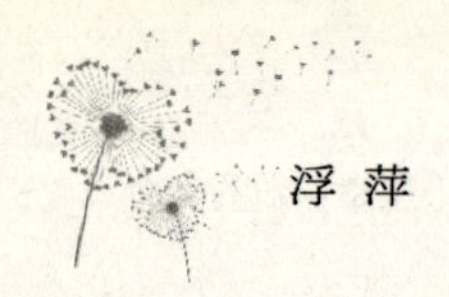

兄弟两个，一句话又激起两人一番互嘲。

“是的，娘，我们也正奇怪呢!”刘珩边笑边若有所思地看了看祝氏。祝氏闻言脸上大臊，和珍珠儿彼此对望了一眼，珍珠儿忍不住吐了吐舌头。

“同年同月同日生……”萍左亲亲右亲亲，把这两个一岁多的小娃娃亲得痒痒，咯咯咯地直笑。“这娃娃亲定下可好?”她兴高采烈地问儿子们。

刘震南和刘珩本就是好兄弟，更何况现在孩子们几乎生在一天，两人早就有此打算，只是唯恐妻子不同意，现在见母亲发了话，不由高兴异常。果然，垂手站在一边的珍珠儿和祝氏闻言都还是笑眯眯的，没有反驳的意思。

两个小娃娃爬在萍的膝盖上，一个扯着她胸前的手帕玩，一个自顾自吮吸着大拇指，萍又怜又爱地抚摸着他们，心里转了一千个念头。

过了十天，从老凤祥定样打来的金镯子到了，萍给两个孩子分别将这对龙凤镯戴在了手腕上，不由自主地回忆起几十年前给庚宝和雯戴红绳的情景，哽咽着对刘震南说：“震南啊，这一双孩子可是我刘家、你岳父家、你父亲家的嫡亲血脉，你可一定要保护好他们啊!”

刘震南和刘珩彼此对视了一眼，对萍说：“娘，你放心做你自己的事，我会照顾好孩子们。”

“娘，刘村就交给我，我会当好这个家。”

看着孩子们自信满满的眼神，萍心满意足地笑了。

尾 声

第二十四章　最后的救赎

镜子里的脸既熟悉又陌生，萍小心翼翼地侧着脸，又有几撮白发不知什么时候从耳边长了出来，她都快认不出自己了。

摸了摸自己的脸，温暖依旧但柔软不再，她眨了眨眼睛，却再不能看到那些年眼神中的光华流转。看了看布满皱纹的双手，她不由叹了口气，所幸这脸还比这手要端正得多……

最近几年，她越来越想念刘村。不知道是不是人老了越发怀旧，还是她始终心事未了，夙愿未偿。

人生七十古来稀。她却稀里糊涂地让自己活到了七十有三，不但如此，还常被人误认为只有五十几岁。别人含饴弄孙，她的孙儿们却因为她忙于教会和妇女联合会的事情鲜少相聚，这让她万分愧疚，故而每月见到孙子孙女总是格外疼惜，颇有些溺爱的感觉。

到了五月草木繁盛的时候，她又从刘村收到了好消息。刘震南在镇上开的诊所被批准了，而刘珩的媳妇则怀上了二胎。

一切都是那么圆满而喜乐，萍一面感谢主的恩赐，一面为孩子们的平

安顺利继续祈祷。

春风才刚拂过这座城市，转眼间另一股风潮就席卷了整个上海。时隔多年，那诡异不祥的预感又再次向她压来，反复让萍在夜里惊醒，被自己的噩梦吓得不行。

“破四旧，打倒封资修!”又一场声势浩大的“革命运动”一夜间来势汹汹，令人毫无防备。

景林堂也毫无准备。

萍收到通知赶去教堂的时候，整个教堂已经不复昔日端庄肃穆的模样，哥特式教堂顶端的十字架被人硬拆下扔在路旁，所有的彩色玻璃均被砸得粉碎，原本纯洁又安详的天主石雕被什么重物碾得支离破碎，梁柱上的木雕全被人刻意地挖掉，祷告殿的长椅被一应掀翻，各处暴乱不堪。

此情此景，仿佛时空倒转，萍正站在民国二年的南京教堂前。

她不禁泪如雨下，仓皇地抓住身边奔过的人问道：“怎么了？这究竟是怎么回事?”

那人慌忙中往地上一指，只见教堂门前数张红纸白条，乱糟糟写着：“砸烂一切旧思想、旧文化、旧风俗、旧习惯!”“打倒一切牛鬼蛇神!”

看到这些标语的瞬间，萍眼前发黑，她赶忙扶住了眼前的一棵大树，想到了一个人，或许，这个人可以阻止这一切。

然而陆雅珍什么也做不了。

她很早就不再担任党内的任何职务了，现在只是一名赋闲退休的共产党干部，偶尔去各个协会走走了解了解基层工作而已。因此，她听萍描述了一番教会的遭遇，并表示爱莫能助的时候，不光是萍，连她自己都觉得脸上挂不住。

“Jane，我退下来十多年了，你看我不像你保养得这么好，我腿脚也不利索了。”她辩解着，“老徐去年得了心脏病，现在在部队医院休养着，我也不敢给他添堵怕气到了他又有个什么好歹……”约是觉得这么说话很有些自私，她又拿出干部的口吻劝导萍：“依我说，既然这场新运动是上面发起的，自然有它的道理。你们就暂且忍耐一下，把教堂关了，免得惹出更多事情。”她说这话时照例笑嘻嘻的，却全然没有了从前的诚恳。

萍充满陌生地看着她越来越圆润的脸，那些皱纹似乎被她当干部的岁月充满了。

这个短发的女同志已经不再是当初的陆雅珍了……她忽然有些莫名的心痛。

刘震南在镇上自己的诊所前，看到的几乎是一模一样的情形。

他惊呆了，眼前聚集着的几百个人统一的戴着红袖章，高喊着：“为人民服务，打倒一切封资修！”“革命无罪，造反有理！”

他们往店门上贴封条，倒墨汁，用红色的笔画圈圈。而店的主人——他自己，却莫名其妙也无能为力。他看了一眼这乱哄哄的场景，狠了狠心往后一退。也罢！只当没有过这家医馆！

然而刚进刘村，他就被数名红卫兵围住，一时之间疏忽，还未来得及施展拳脚，就被堵上了嘴，捆了起来。翌日一早，他还犹自昏昏沉沉的时候，有人用一通凉水把他泼醒了。

刘震南浑身颤抖了许久，才仿佛活了回来，他怒眼圆睁，只见眼前有一排人围着他，对面站着瑟瑟发抖的珍珠儿和村里的其他人。他抬眼又看了看自己的所在，原来他们此刻正在刘家祠堂前。

“把这破地方给我砸了！”一声令下，那些红卫兵立即抄起了手中的家伙准备向祠堂动手。

“住手！”刘震南一声怒吼。

“你们要干什么！你们是什么人?”他大声地说出了心里的疑问。

“我们是在破四旧!”为首的一人激情洋溢地说，“这种拜神拜鬼的地方就要拆了!”

“放屁!”刘震南努力地挣扎着想解了身后捆手的绳子，无奈麻绳太粗硬，他的手腕被磨得生疼。

“这是刘家祖传的祠堂，又不是拜佛的佛堂，哪里来的什么鬼神!”

“那这祠堂里可有你的祖宗啊?”还不等那个红卫兵小队长回答，旁边有人阴森森地插上一句。

刘震南转头看去，不禁失声叫出声来：“是你!”

尽管样貌老朽似枯枝瓜藤，这张难忘的脸还是叫人立时辨别了出来。

刘戌高得意地盯着敢怒不敢言的刘村村民道：“你们这些封建地主家的余孽，待会儿我请革命同志仔细给各位查查族谱，看看哪些残渣到今天要清理的。”他的话分明是一种威胁，果然，村民中一阵骚动，好些人纷纷向后退了出去。

“我告诉你，今天你小子落在我手里，休想再有人帮你。”刘戌高走到刘震南身边，在他耳边恶狠狠地说道。

“你……你还活着!”刘震南悔不当初。如果当初自己下手狠些，或者后面追他而去……

“君子报仇，十年不晚。”刘戌高一只眼睛通红，另一只眼睛已然瞎了，隐隐地泛着白光，看起来极其瘆人。他转动着一只眼珠，颤抖着说：“想当年，你废了我一只眼睛，今天我要废你一条小命!”

刘震南心中咯噔一声情知不妙，更对刘戌高竟混迹多年成了红卫兵百思不得其解。

“从今天起，全村必须认真反思，凡是举报刘震南的可宽大处理!”红卫兵队长对着众人说道，一脸凌然。

人群沉默着。

“如果坚决不说，和他同流合污的，严惩不贷!”队长站到一块大石头再次说，眼神扫视着众人。

人群继续沉默。

“这里面有很多人是地主的亲戚，论起来也是地主阶级……”刘戌高在边上阴险地笑了笑。

“他……他是国民党特务!”突然有人说道。

人群大惊，纷纷拿谴责的眼神看发声的人。

此人正是村中有名的无赖，三婶家的刘中华。

还不等刘震南发怒，刘中华的脸上已经挨了三婶一巴掌。“该死！胡说什么!”她尖声骂着，用力拧着儿子的耳朵，直把他拧得哀叫声连连。

“说得好!”刘戌高闻言大喜，又补充说：“搞反动医术！还是剥削阶级!”

“打倒剥削阶级！打倒国民党特务!”后面的一排红卫兵闻言怒气冲天地齐声吼道。

刘震南看着这群人，头皮发麻。他情知此番在劫难逃，但仍努力解释说：“我是国民党，但不是特务；我是搞医馆，但那是政府批准的!”他已经三天三夜滴水未进，此时用尽全力说完，便忽地倒地晕了过去。

萍收到珍珠儿电话的那天下午，亲自去了一趟陆雅珍家。

陆雅珍仿佛知道她有所托，便给她沏了杯茶，刚想推托，只见萍呼地站起身来，把胳膊上的衣物高高卷起，瘦削的手臂上触目惊心的印着数个不规则的伤疤。她激动地说道：“当年为了送你出上海，我染上了烟瘾，为了戒烟，我已死过多次!”她愤怒异常，身体不住地发抖：“这些都是为了不让自己再碰那鸦片，用火钳烫的！”见陆雅珍目瞪口呆的，她冷冷地说道：“就算不为同窗情谊，为了我曾帮你数次，也到了该还的时候了罢！”

陆雅珍闻言又惊又羞，她尴尬地坐回去，轻轻地说：“这，我，这是当然……”

又是三天三夜的审讯，刘震南已经被折磨得无法睁开双眼，他双唇起泡，两颊水肿，面无人色，浑身皆是血痂，腿已经被生生打断。

“放人，放人！”

珍珠儿带着革命委员会的特批文件冲进红卫兵设在刘村的临时办公地，大声叫着。见到刘震南的瞬间，她被吓得魂飞魄散。这哪里还是她英俊健硕威风凛凛的丈夫啊！她不由抱着刘震南的残躯痛哭失声。

众人七手八脚将刘震南送回家，讫莱鲁立即卷了衣袖要着手对他治疗，但是刘震南刚醒就一把抓住他的手，示意他无须再继续。

刘震南对讫莱鲁一边摇头一边示意笔墨准备，讫莱鲁见状知道已经无药可治。

“杀了他。找到娘。我要回家。”刘震南用残缺不全的手歪歪扭扭地写下几个字，讫莱鲁点了点头，用力握住刘震南的手大约有五秒，旋即起身携手信夺门而出。

珍珠儿不知字条里写了什么，也不知讫莱鲁为何竟在此刻突然走了。她尖叫着：“你回来，你回来，你快救我丈夫啊！”

刘震南温柔地抓住了她的小手，拼着最后一口气道：“让他走，找我娘。”

珍珠儿低头再看他时，他已垂下身子，整个人僵硬地倒在她身上，脸上失去了一切生命的光华。

“不要！”珍珠儿仰天长叫，晕倒在刘震南的尸首旁。

阴风大作，树林发出阵阵呜呜的哀鸣之声。刘戌高见革命小组已从刘村撤退，料想村民不会放过他，便趁夜准备偷偷溜走。哪曾想刚带着从大屋偷盗来的几件首饰逃到村口，就被三婶带着村民团团围住。

“枪毙了他！”

“活活打死他！”

“把他浸猪笼！”

萍坐在村口特意为她摆放的一张八仙椅上，听愤怒失控的村民们大声吵闹着如何处死跪在她跟前的刘戌高。

她眼神冰冷地看着这个同父异母的兄弟。

此人也已年过一个甲子，但不知什么原因，看起来已是行将就木的年纪，整个人衰老不堪。和十几年前在刘村的样貌不同，他左眼已瞎，此时另一只眼睛里却不似往日的胆小怯弱，而是充满了不屑愤怒。仿佛害人的并非是他，他自己反是那个被害之人。

“你前者偷盗银钱，刺伤我友，今者又害死我儿，给刘村带来诸多灾难，今日怎么处置你都不冤吧？”她大声地说。

“我不冤，我高兴了。”哪知刘戌高这么说，口气甚是倨傲得意。

“怎么？”萍有些吃惊。

“我小时候什么都不知道就被母亲遗弃，在老家突然从一个小少爷变成了一个人人嫌弃的小乞丐，全多亏二耿叔叔，给我一口饭吃。”他幽怨地继续说道：“后来，村里再也待不下去，二耿叔叔带我前来刘村投靠于你。”他突然哽咽了。

“本以为我们一父同胞，血浓于水。没曾想你处处冷淡，我寄人篱下，猫狗不如！”说着说着，他的声音越发高了起来：“刘村，你们也姓刘，可

是你们什么时候把我当过家里人?！有过吗？啊？有过吗?”说到此处，他恶狠狠地四下看了一眼围住他的刘村族人，那些族人骇得把头一缩，他又道：“你这儿子，仗着有你，在村里常欺负我，叫狗追我，拿虫咬我，动不动就说找我练武，其实就是找机会打我一顿，你可曾管得?”他已兀自哭出声来。

萍愣住了。

儿时的虎子……青年期的刘戌高……她从未想过小辈的虎子竟会有如此顽皮的时候……

一时间，百感交集，她若有所思地点点头，又摇摇头。

“就算我一时不查，对他纵容包庇，那也只是儿时恶作剧吧！”萍尝试着理解他的思路，“怎就至于你恨我入骨，恨他入髓，竟借他人之手如此残害于他?”说到此，她渐失冷静，颤抖了起来：“他，说到底，叫过你舅舅，是你的侄子！”不等他再辩，她又逼问道：“况且刘村并非今日一难，昔日兵游子进村打劫金条一事也因你而起，你又怎么说?”

“这……我原偷些金条只为还债，后想到那刘汝熙平日总对我冷言冷语就想给他个教训，他平日当家极抠，我若不偷身上半文没有，如何做刘家的侄少爷？说出去难道不难堪吗？我的脸面难道一点也不重要吗?”他愤愤不平地说。

天已渐渐亮了。周围的人都渐生倦意，见两人唇枪舌剑，大少奶奶仍没有对他下手的意思，不免烦躁起来。

“哪里那么多废话！”

“杀了他，替震南哥报仇！”

“杀了他！”

众人开始吵闹起来，村口瞬间一片喧嚣。

萍最终也没有再踏进刘村。

她只带走了珍珠儿，因为她已失去丈夫孤独无靠，更因为她的女儿在上海等待着母亲的温暖拥抱。

萍走的时候，关于刘戌高，她最后说了一句话：“罪无可恕，情有可原。我饶恕他。你们……随你们心意吧。”

七十四岁的萍，离开了安身立命之所，这一次，她要送孩子回家。

抱着刘震南的骨灰登上北去的火车，她似乎看见刘珩的眼泪在雾气中翻飞。

放下了所有，她孤注一掷。

回家，回罗震的家，回到最早的家乡，回到父母的身边。这，就是刘震南的遗愿。

岁月如洪，转瞬之间将她再次推向远方。

坐在火车的窗口眺望一望无际的远方，仿佛有人在她耳边说：“你应该来吗?”

而她看着玻璃下拉窗里逐渐老去的容颜，微笑着答道：“我早就该来了。”